BAILANDO CON EL DIABLO

Y OTROS CUENTOS DEL MÁS ALLÁ

René Saldaña, Jr.

Traducción al español de Gabriela Baeza Ventura

PIÑATA
BOOKS

PIÑATA BOOKS
ARTE PÚBLICO PRESS
HOUSTON, TEXAS

Dancing with the Devil and Other Tales from Beyond / Bailando con el diablo y otros cuentos del más allá ha sido subvencionado por la Ciudad de Houston por medio del Houston Arts Alliance.

¡Piñata Books están llenos de sorpresas!

Piñata Books
An imprint of
Arte Público Press
University of Houston
4902 Gulf Fwy, Bldg 19, Rm 100
Houston, Texas 77204-2004

Diseño de la portada de Mora Des!gn
Ilustración de Sara Tyson c/o theispot.com

Saldaña, Jr., René
    [Short stories. Spanish & English. Selections]
    Dancing with the Devil and Other Tales from Beyond = Bailando con el diablo y otros cuentos del más allá / by = por René Saldaña, Jr.; Spanish translation by = traducción al español de Gabriela Baeza Ventura.
    v. cm.
    Summary: A collection of traditional tales based on Mexican-American lore with a contemporary twist.
    Contents: La Llorona Sings a Happy Song = La llorona canta una canción alegre—Louie Spills His Guts = Louie suelta la sopa—Dancing with the Devil = Bailando con el diablo—God's Will Be Done = Si Diosito quiere—Have I Got a Marble for You = Ay, la canica que te tengo—All Choked Up = Sin palabras.
    ISBN 978-1-55885-744-5 (alk. paper)
    1. Mexican Americans—Juvenile fiction. 2. Children's stories, American—Translations into Spanish. [1. Mexican Americans—Fiction. 2. Short stories. 3. Spanish language materials—Bilingual.] I. Ventura, Gabriela Baeza. II. Title. III. Title: Bailando con el diablo y otros cuentos del más allá.
    PZ73.S2742 2012
    [Fic]—dc23

2012008729
CIP

♾ El papel utilizado en esta publicación cumple con los requisitos del American National Standard for Information Sciences—Permanence of Paper for Printed Library Materials, ANSI Z39.48-1984.

Impreso en los Estados Unidos de America
Abril 2012–Mayo 2012
Versa Press, Inc., East Peoria, IL
12 11 10 9 8 7 6 5 4 3 2 1

Índice

Para mi esposa, Tina, y para nuestros pequeños cucuys, Lukas, Mikah y Jakob

�֎ ✖ ❀

Para Nicolás Kanellos, Gabriela Baeza Ventura, Marina Tristán, Carmen Peña-Abrego, Ashley Hess y Lalis Mendoza, y resto del equipo de Arte Público Press, todos y cada uno crean lectores, cucuys de primer nivel.

La Llorona canta una canción alegre

Sin aliento, y con el cabello pegado a la frente por el sudor, Lauro y yo nos agachamos y nos recargamos en la pared del cobertizo que daba al callejón como a tres millas de donde habíamos corrido para salvar nuestras vidas. Lauro jadeó y se sobó el pecho, tragó aire y luego suspiró —¿Estás bien, Miguel?

—Sí —dije, también batallaba para respirar—. Estoy bien, ¿y tú?

Asintió desganado.

Estábamos sentados hombro con hombro, no sabía quien de los dos estaba temblando, tal vez ambos. No era una noche fría, ni siquiera estaba fresco, pero los dientes me castañeteaban. Entre el dolor que sentía en mis dientes dije —¿Qué fue eso? ¿Una bruja?

—Esa no era una bruja cualquiera, Miguel. Era la Llorona en carne y hueso. Lo mejor que podemos hacer por ahora es mantener los ojos abiertos y la boca cerrada. —Se llevó un dedo a la boca y exhaló un "shhh".

Dejé que mi mandíbula se relajara para que mis dientes no nos delataran. Sin embargo, escuchaba el latido de mi corazón palpitar fuertemente en mis oídos. Digo, no creía en esos cuentos tontos cuando estaba pequeño y no iba a empezar a hacerlo ahora, pero había algo en la ferocidad de los ojos de esa mujer, su cabello moviéndose como víboras, y ese llanto que sentíamos en nuestros cuellos, casi como un ruido del viento. Un viento furioso y triste. Tenía miedo.

Anoche mi padre vino a nuestro cuarto, de Joselito y mío. Mi hermanito estaba bien dormido, yo pretendí que también lo estaba. Joselito estaba roncando ligeramente, sentía su aliento en mi espalda. Papá no intentó despertarnos. Se sentó al pie de la cama, dándonos la espalda. A pesar de la oscuridad me di cuenta de que estaba llorando, sus hombros subían y bajaban, subían y bajaban. Creo que se quedó sentado allí casi una hora, después alguien tocó suavemente a la puerta, supuse que fue Mamá, y Papá se levantó, se acercó sigilosamente hacia nosotros. Me pasó su mano tibia y húmeda por el pelo y después hizo lo mismo con Joselito, se metió la mano en el bolsillo y lo que sacó lo puso suavemente en el buró. Susurró —Adiós, mis hijos —y se fue. No dormí el resto de la noche. No lo sabía entonces, pero no volvería a ver a Papá.

Lauro y yo habíamos dejado de jadear por aire, pero yo no había dejado de temblar. Especialmente cuando de algún lugar más allá de las sombras de los árboles se escuchaban crujidos y quejas. Lo miré a él, él me miró a mí y, en la oscuridad, los dos buscamos a la mujer que nos había perseguido desde el río. Habíamos estado allí más temprano con una cajetilla de cigarros que Lauro había tomado "prestada" de su hermano mayor. Ninguno de los dos nos habíamos atrevido a fumar antes, y esa tarde habíamos decidido que nos meteríamos de lleno en la madurez. Como todos los muchachos valientes. Después de la escuela, el autobús siempre nos recogía enfrente de la escuela secundaria y después se iba a la preparatoria. Llegábamos al gimnasio de la prepa por atrás, y allí se encontraban todos los muchachos cool que conocíamos. Estaban en grupos pequeños y todos fumaban. Veían que los autobuses se acercaban pero no dejaban de fumar. Simplemente parecían apurarse tomando fumadas más profundas. Para cuando los buses llegaban al frente del gimnasio, cada uno de los estudiantes que había estado fumando ya estaba esperando a su autobús. La única seña de que habían estado fumando era la estela de olor que dejaban al caminar por el pasillo hacia sus asientos en la parte trasera del autobús. Siempre se sentaban encorvados y se ponían a hablar de las muchachas.

Todos eran súper cool, y Lauro y yo queríamos ser como ellos. Por eso Lauro se había robado la cajetilla de cigarros del bolsillo del saco de su hermano. Saqué una cajita de cerillos del gabinete encima del microondas y nos fuimos a los mezquites que bordeaban la orilla del río en las afueras del pueblo. Allí trepamos a uno de los árboles más altos y encendimos un cigarro.

Nadie nos podía ver. Compartimos el primer cigarro y por poco me ahogo con el humo. Lauro se rió, pero paró cuando chupó el palito de cáncer —no miento, así los llamaba la señora del súper— y casi se cae del árbol de tanto toser, por poco y se le sale un pulmón. Cuando ya quedaba la colilla del cigarro, Lauro la destrozó contra el árbol. Después cada uno tomó un cigarro y lo encendió. Yo no era un tonto —esta vez no tragué el humo. Lo detuve en mi boca e inflé el pecho para fingir que estaba fumando. No iba a dejar que Lauro viera que era un miedoso. Dejaría de ser cool y seguro que todo el mundo lo sabría. Lauro escondió el resto de los cigarros en una grieta en el árbol para la próxima vez, y luego saltamos al agua fresca para "limpiarnos de la pestilencia" dijo Lauro. Nuestros padres jamás serían tan listos como nosotros.

Cuando salimos del agua fue cuando escuchamos sus pasos. Miré hacia arriba, y nos estaba llamando.

—Hijos —dijo —Acérquense. Aquí tengo algo para ustedes.

A la mañana siguiente, moví a Joselito para despertarlo, mi hermano podía dormir todo el día si lo dejábamos. Además, ya se estaba haciendo tarde, normalmente a esta hora ya estábamos despiertos y listos para trabajar en la granja. Pero Mamá no había venido a las cinco como solía hacerlo todas las mañanas excepto los domingos. Cuando nos vestimos y entramos a la cocina, estaba sentada en la mesa, tenía el cabello alborotado, la cara, las manos y los brazos sucios y los ojos rojos como si no hubiera dor-

mido en toda la noche, como si hubiera estado lloran-do. Le pregunté —¿Dónde está Papá? En ese momento se dio vuelta y me miró con la mirada más maléfica que he visto. Se había enojado conmigo antes, sabía por su expresión en cada una de esas ocasiones que estaba molesta ya sea porque no había hecho alguna tarea u otra cuando se me pidió. Pero la mirada de ira de esta mañana estaba carga-da de veneno, como si yo me hubiera atrevido a darle una cachetada y ahora me la estaba cobrando. Pero no se levantó ni me golpeó, no me gritoneó que era una especie de bruto por hacer una pregunta tan estúpida y tonta. En vez de eso, cambió la mira-da maléfica por una sonrisa, pero los labios estirados y los dientes descubiertos me provocaron más miedo. Nos hizo una mueca a mí y a Joselito para que nos acercáramos —Hijos —dijo— acérquense. Tengo malas noticias sobre su papá. —Los ojos de Joselito se entristecieron y corrió hacia ella, saltó a sus bra-zos abiertos, y dijo —¿Qué pasa, Mamá? ¿Dónde está Papá? —Yo me quedé donde estaba, plantado como un árbol, y podía oler la tierra fresca en Mamá.

La mujer parecía flotar en nuestra dirección. Era raro porque había todo tipo de maleza seca donde habíamos estado parados cuando nos llamó, y ella no se había roto el vestido. Y se estaba acercando muy rápido. Nos levantamos y corrimos lo más fuerte que pudimos. No teníamos que mirar atrás. Sabíamos que estaba allí. Justo a nuestras espaldas. Su aliento frío en nuestros cuellos, su gemido bajito nos gritaba al oído —¡Mis hijos! ¡Ay, mis hijos! —Sabía que estaba a punto de atraparme del pelo con sus fríos dedos. Agaché la cabeza y moví los brazos con rapidez. —Más rápido —le grité a Lauro—. Más rápido.

Mamá nos mandó a Joselito y a mí al granero, dijo que ya le había dado de comer a los animales y que había ordeñado las vacas. Me dijo que no teníamos que preocuparnos, pero no debíamos salir de allí. Intenté preguntarle qué pasaba, me sonrió como lo había hecho antes y dijo —No te preocupes, mijo. —Le insistí, y me dio una cachetada, me dijo que era un ingrato, un niño tonto y que no tenía que meterme en donde no debía.

Joselito lloriqueó y le dije que se callara. Tenía que pensar, le dije, tratar de entender lo que estaba pasando. Subí al granero y dejé a Joselito abajo limpiándose los mocos en la manga de la camiseta. Me asomé por la grieta en la puerta del segundo piso. Desde allí vi que Mamá salió apresuradamente para un lado de la casa y desapareció entre los manzanos. No pude ver más, así es que bajé a donde Joselito se había recostado y quedado dormido intranquilo. Me senté a su lado y le pasé la mano sobre el cabello como Papá lo había hecho la noche anterior.

Sin detenernos, y batallando para respirar, Lauro me tomó por el brazo y me tiró hacia una de las casas en las afueras de la ciudad. No conocía bien esta parte, excepto que era la zona donde vivían todos los malhechores: narcotraficantes, drogadictos, mujeres que mi madre llamaba "callejeras" y que el sacerdote decía eran "mujeres de mala reputación". Cuando aparecía un reporte en las noticias sobre una balacera, podías estar seguro que había pasado en alguna de esas calles, en un bar o en un motel de mala pinta. —Toma —Lauro le fumó al cigarro—. Agáchate. Lo hice y traté de respirar. Momentos después, Lauro dijo que La Llorona nos estaba persiguiendo, que me quedara tranquilo y que me callara.

Pasaron unos minutos, y no había señas de la mujer, la bruja que había ahogado a sus dos hijos sin ninguna razón. Había sido condenada por Dios a buscar a sus dos hijos a quienes negaba haber ahogado sino que estos se habían marchado con su padre traidor. —Todos están podridos —dijo.

Cuando estaba creciendo y oía que el viento soplaba tan fuerte que parecía llorar por el río, nuestros papás trataban de asustarnos diciéndonos que si no obedecíamos, nos sacarían a la oscuridad y La Llorona seguro nos llevaría. Muy pronto descubrimos que era tan real como Santa y el Conejo de la Pascua. Puras mentiras.

Pero esta noche, después de ver las llamas en sus ojos, su cabello azotando, bueno, basta decir que si sobrevivimos para mañana, sí creeré en ellos.

Por la tarde, Mamá vino por Joselito y por mí al granero. Dijo que ya se había encargado de lo que tenía que hacer y que podíamos regresar a casa. —La cena —dijo— está servida. —Se había bañado y cambiado de ropa, pero el olor a tierra estaba impregnado en ella. Se llevó a Joselito de la mano hacia la casa, esta-

ba tarareando una melodía de mi infancia. Joselito me volteó a ver, estaba sonriendo, aparentemente se había olvidado del miedo que había sentido cuando Mamá me dio la cachetada. Pero yo no, aún sentía el ardor de la cachetada en la mejilla. Comimos en silencio, Mamá tarareó durante toda la cena. Para cuando terminamos, el sol se había puesto y Mamá había empezado a lavar los trastes. Nos dijo que podíamos regresar a nuestras habitaciones y ponernos nuestra mejor ropa. —Iremos a un lugar donde querrán verse bien —dijo—. ¿Adónde vamos? —pregunté—. Lo sabrán cuando lleguemos —respondió—. Apúrense y háganme caso.

Cuando terminamos, recordé que Papá había sacado algo de su bolsillo la noche anterior y lo había puesto en el buró. Eran dos monedas de diez pesos, una para mí y otra para Joselito. Le dije a mi hermanito que Papá nos las había dejado, y sonrió al pensar en todo lo que podría comprar con ese dinero.

Me metí la moneda en el bolsillo. Mamá nos llamó a la cocina, donde sirvió dos vasos de leche. —Tómense esto antes de irnos —dijo—. Es leche fresca. —Yo tenía sed y me la tomé de un trago. A Joselito le encantaba la leche más que cualquier cosa, así es que se la tomó a sorbitos, saboreando cada trago. —¡Apúrate! —ordenó Mamá. Joselito estaba a punto de llorar, pero hizo lo que le dijeron. —Ya es hora —dijo Mamá.

Salimos a la oscuridad por la puerta de atrás, Mamá nos tomó a los dos de la mano y caminó por delante. En la mitad del huerto de manzanas, me tropecé con algo y me caí de cara en un montículo de tierra fresca, olía igual como Mamá había olido todo el día. Cuando me senté vi que me había tropezado con el mango de la pala. Mamá me levantó del cuello y nos jaló hacia el río. La cabeza me estaba dando vueltas y de repente vi que Mamá estaba cargando a Joselito en un brazo. —No te me duermas tú también —me dijo, y sentí sus dedos fríos como el hielo en la muñeca—. Siempre te ensucias —me dijo—. Igual que tu padre. Sucio hasta la cuenca. Nunca apreció lo que hice por él. Se merece lo que le pasó. —Estaba sollozando, tenía el corazón partido. Estaba segura que el único hombre a quien ella había amado la había traicionado; que la había dejado por otra.

La cabeza me daba vueltas, no tenía idea de lo que estaba diciendo Mamá, y ella estaba caminando más rápido. Estaba tan confundido que no me di cuenta en qué momento dejamos el camino y empezamos a caminar en las aguas caudalosas del río, luego el agua me llegó a la barbilla y Joselito estaba flotando de espalda, con los ojos cerrados porque estaba dormido. Mamá me hizo abrazar a Joselito por atrás, después nos ató un lazo alrededor del cuerpo y nos dio un beso en la cabeza a cada uno, respiró profundo y nos zambulló en el agua.

Yo no había respirado suficiente, así es que mis pulmones ardieron inmediatamente, pero tenía demasiado sueño como para sacar la cabeza por encima del agua. Joselito no se había despertado, parecía un ángel durmiente. No se me ocurrió que era raro que a media noche, en medio de este río turbio aún pudiera *distinguir la cara de mi hermanito. Pero lo podía hacer. Yo tenía que respirar, pero Joselito estaba tan pesado que tuve que usar hasta el último céntimo de energía para darle un beso en la mejilla y abrazarlo aún más fuerte. Después fue demasiado oscuro para respirar. Lo último que sentí fue el frío de la moneda en el bolsillo rozando mi pierna a través del pantalón.*

Estaba tan oscuro que ya no podía ver la cara de Lauro. Me preguntaba si Mamá y Papá se habían dado cuenta que yo no había regresado de la casa de mi amigo. ¿Habría salido Papá al porche y gritado mi nombre? O, porque no era noche de escuela, ¿me dejarían quedarme media hora más? Mis dientes dejaron de castañear, y por fin pude controlar la respiración. También Lauro. En este nuevo silencio, noté que el viento había dejado de soplar. No me había atrevido a voltear a ver a Lauro desde que nos habíamos escondido, pero aproveché la quietud para hacerlo. Lentamente volteé la cabeza, y cuando quedamos frente a frente vi que tenía la cara pálida, tenía los ojos bien abiertos y estaba mirando por encima de mi hombro derecho, mascullaba algo que no se entendía "Lalalalalala". En ese momento sentí un susurro frío en mi cuello —Mis hijos —dijo—. Por fin los encontré.

—Y sentí que algo me apretaba el pecho, como si nos estuvieran atando a los dos. Lauro y yo estábamos tan cerca uno del otro que nos estábamos abrazando.

Entonces el viento sopló suavemente, y en vez de un gemido, escuché el tarareo de una canción de cuna que recordé mi mamá me cantaba hacía mucho tiempo.

Louie suelta la sopa

H oy Louie se sentía desganado. No era esa apatía de cuando estás a punto de enfermarte de una gripe. Ni la de una depresión o esa apatía que da cuando te deja tu novia, tampoco era una triste, patética y cansada pereza. De verdad se estaba moviendo súper despacio. Hacía dos días que había descubierto que se movía más lento que de costumbre. Era como si caminara en contra de un viento pesado y duro. No pensó que era señal de algo malo. *Algunos días, sí, avanzaban más lentos que otros,* pensó, y lo dejó así. *Todo está en mi cabeza. Psicosomático.*

Cuando se levantó esa mañana se sentía bien. Empezó a prepararse para ir a la escuela y luego sintió que el estómago se le vaciaba. Como que iba a vomitar o como la vez que tuvo la peor diarrea de su vida, sentado en la taza sintió que el dique se rompió y sus tripas cayeron de sopetón en el escusado. Pero ni estaba vomitando ni haciendo nada. Estaba parado, vistiéndose y, de un segundo a otro, se sintió hueco. Se sentó en la orilla de la cama y se sobó la panza, pero no se sintió mejor, así es que se pegó en la cabeza para confirmar que no estaba inventando cosas. Se puso de pie y caminó hacia su escritorio, agarró la botella de Pepto Bismol y se tomó lo que quedaba. Normalmente le gustaba el sabor, pero hoy no. Parecía que ya no le estaba funcionando. Podría haberse tomado una botella tras otra, y de todos modos seguiría sintiéndose terrible. Estaba agotado. Miró su cara pálida en el espejo, y pensó, *Esto está bien raro. Extraño.*

Después empezó a sentir una punzada en el muslo derecho que le bajó despacio por la pierna hasta llegar a los dedos. Y sabía lo que vendría después: si no levantaba la pierna rápido, la punzada se convertiría en una palpitación fuerte, especialmente en el dedo gordo, el que se había cortado con un cuchillo al principio de la semana. Se afirmó en la pierna buena y movió la otra, pensó que la inflamación y las punzadas se acabarían si hacía lo que el entrenador le decía a los jugadores cada vez que se sofocaban: cuántas veces habían escuchado al Coach decir: "Bien, Louie, sacúdete. Vas a estar bien, sólo sacúdete. ¿No hay miel sin hiel, verdad?" Y allí estaba Louie, sacudiendo la pierna derecha para atrás y para adelante, y parecía estar funcionando. Se sentó un momento, pero no por mucho tiempo. Hoy tenía que llegar a la escuela a tiempo. No podía llegar tarde tres días seguidos.

Antes de ponerse los calcetines, Louie consideró cambiarse la improvisada venda del dedo gordo, pero vio que no estaba sucia. ¿Para qué arriesgarse a llegar tarde? Sonrió por la ironía de lo que había dicho. Ahorita no podía correr a ningún lugar con la pierna inútil. Consideró decirles a sus papás que se sentía mal, pero pensó que se le pasaría pronto. Probablemente ere sólo una cepa rara de la gripe, o algo parecido. *Tal vez me picó una abeja africana o, en el peor de los casos, la herida infectada del dedo gordo se esparció, pero ni eso tenía sentido. Una infección no afectaría mi estómago como ahora.* Así es que, sin quitarse la venda, se puso un poco de agua oxigenada sobre el dedo gordo vendado, y luego se colocó el calcetín y el zapato. Estaba listo. El sentarse le había ayudado aunque sólo un poco.

Durante todo el día, Louie buscó lugares para sentarse en donde hubiera otro asiento vacío en un lado o enfrente para levantar la pierna. Eso parecía frenar la inflamación y disminuir las punzadas. Ocasionalmente tenía que mover la pierna, y eso le daba media hora de alivio.

Camino a casa, cada vez que la pierna se le ponía pesada, Louie se detenía, encontraba un lugar en el suelo para sentarse y sacudía la pierna en el aire. En una de esas veces vio que don Armando, sentado en su mecedora en el porche, se estaba riendo de él. Así es que Louie le gritó al viejo —¿De qué se está riendo, viejillo apestoso? —Louie no tenía idea si don Armando apestaba ni mucho menos cuánto, pero eso era lo que se decía acerca del viejo viudo. Que apestaba tanto como un perro rabioso. Sin embargo, Louie no tenía ganas de averiguarlo esa tarde.

Aunque lo hubiera querido, la pierna mala estaba tan fuera de orden que lo único que quería era llegar a casa. El porche del viejo apestoso no estaba en el camino a casa, así es que simplemente se detuvo en el camino de tierra enfrente de la casa de don Armando y le volvió a preguntar de qué se estaba riendo mientras sacudía la pierna.

—Je, je, je. Es que cuando sacudías la pierna en el aire me recordaste a mi viejo perro, Leaky, que en paz descanse. Es que cada vez que iba al baño sacudía la pata trasera derecha como tú. Je, je, je.

No es gracioso, pensó Louie. *Yo podría ser un lisiado de verdad, y ese viejillo se ríe de mí como si nada. Y, ¿quién es él para reírse de los demás?*

Bajo otras circunstancias, Louie le habría respondido a don Armando con algo grosero o peor, pero esta vez sólo le hizo un ademán con la palma de la mano derecha y caminó con dificultad a casa. Empezaba a sentir náusea y vacío en el estómago otra vez. Esperaba que hubiera otra botella de Pepto en el botiquín. Tal vez algo más fuerte.

Al caminar, se dio cuenta que estaba arrastrando la pierna como Igor, el horrible ayudante del doctor Frankenstein. Hasta se detuvo para confirmar que su zapato derecho estaba dejando un caminito en la tierra, así es que sacudió la pierna fuertemente, y otra vez escuchó que don Armando se reía a lo lejos.

No soy un perro, pensó Louie. Por lo menos no tenía joroba como Igor. Sintió calambres en el estómago. *Hoy habían servido pastel de carne,* recordó. *Podía ser eso, aparte de todo lo que había comido antes, lo que le estaba dando este problema.* Se sobó el estómago, pero se sintió peor. *Rudy no se refirió al pastel de carme como "carne misterio" por nada.* Se rió de lo que su amigo había dicho hoy sobre la "alta cocina" de la cafetería.

La verdad, sin embargo, es que había tenido la misma sensación de vacío camino a la escuela esa mañana, no tan aguda, pero de todos modos. Así es que no tenía nada que ver con la mala comida porque antes de salir se había comido dos tacos de papa, huevo y chorizo que preparó su mamá, lo que tendría que haber llenado los huecos en su estómago, además estaban deliciosos. Tampoco podía ser el pastel de carne. Lo que sentía era un vacío, no náusea. Bueno, un poco, pero no eran como esos mareos que le daban cuando le caía de sopetón en el estómago la bolsa de Fritos que se comía él solo. Lo de hoy era más como una revoltura de nada.

No era algo que había comido. Era algo completamente diferente, pero ¿qué? No lo sabía.

Durante la cena, ya no hubo forma de esconder la pierna mamut. Para disimular la pierna hinchada, Louie decidió no cambiarse los pantalones por shorts como lo hacía siempre. Aun así, la tela de los pantalones de la pierna izquierda le quedaba floja mientras que la otra parecía estar a punto de reventarse en las costuras.

Su mamá inmediatamente quiso saber qué le pasaba. —Déjame ver —le dijo.

—No es nada, Mamá. Probablemente sólo una picadura de abeja.

—Eso no tiene sentido, Luis —dijo. Le dijo "Luis" en vez de Louie, que era algo que él odiaba, pero era su mamá, así es qué importaba—. Te han picado abejas y avispas antes, y nunca has tenido una reacción semejante. Vamos a ver —era implacable.

Tuvo que bajarse los pantalones enfrente de ella y le dio un poco de vergüenza. No había estado desnudo enfrente de su mamá desde que le ayudaba a bañarse. Hacía mucho tiempo de eso.

Le inspeccionó cada centímetro de la pierna, pero no encontró ni una roncha de un aguijón. Movió la cabeza incrédula, exhaló preocupada, luego dijo, —Si no fue una abeja, ¿entonces qué pasó? ¿Qué es lo que no me estás diciendo? ¿Te pasó algo en la escuela? Háblame, Luis Carlos.

Pues Louie no tenía ni idea qué decirle. No sabía cómo explicárselo. Había estado bien, tenía una pierna buena, nada como para presumir, pero tampoco era fea. Y al día siguiente, esto.

—Mijo, ¿estás haciendo drogas? Vi en las noticias que unos beisbolistas estaban usando esteroides para hacerse más musculosos y más fuertes. ¿Estás inhalando algo?

Quería reírse: inhalando esteroides. ¿De dónde sacaba su mamá esas cosas? Pero movió la cabeza.

—Nada que ver, Mamá. No estoy tomando esteroides. Lo de mi pierna empezó por su cuenta hace unos días. Hace como tres días. —Trató de decírselo a su mamá, pero ella no escuchaba.

Mamá dijo: —Mijo, súbete los pantalones. Te voy a llevar al hospital. —Casi lo empujó hasta el auto hasta que lo metió al asiento trasero. Ni siquiera habían terminado de cenar. Se regresó a la casa, dijo que volvería pronto, le iba a traer algo para que descansara la pierna. Regresó con tres cojines del sofá e hizo una torre con ellos. —Toma —le dijo—eleva la pierna. Tal vez tiene algo que ver con la mala circulación como tu tía Yoni. ¡Ay, ay, ay! —Se aseguró de que estuviera cómodo, se subió al auto y empezó a conducir.

Así era Mamá, pensó, *hacía mucho de nada.* Aunque estaba contento con la atención que le estaba dando.

Recostado de espalda, Louie no podía ver hacia dónde iban. Sintió que dieron hacia la izquierda, después derecho, luego a la izquierda otra vez, o a la derecha. Siguió en su mente más o menos hacia donde iban, pero fueron demasiadas izquierdas y derechas. Lo único que podía ver por la ventana era el cielo. No tenía idea de dónde estaban.

—¿Te puedes quitar el zapato? —le preguntó su mamá—. Tal vez eso ayude con la inflamación.

Batalló un poco al doblar la gargantuesca pierna, pero sí se pudo quitar el zapato.

—¿Se ve muy mal? —Mamá preguntó—. Ay, espero que no sea diabetes como tu tía Lupita. Casi le tuvieron que amputar la pierna. En vez de eso, cortó las tortillas y otra comida chatarra de su dieta. Así es que no más tortillas ni frijoles refritos para ti, mijo.

Louie se quitó el calcetín, estaba un poco preocupado. Sería demasiado que encima de que le cortaran

la pierna tuviera que cortar también las tortillas de
su mamá.

—¿Qué tienes en el dedo gordo?

—Una venda —le dijo.

Ella miró rápidamente sobre su hombro. —Eso no
es una venda. Eso es una garra, de hecho, es una
garra sucia. Pero, ¿por qué tuviste que vendarte?

—Mamá, es sólo una cortadita. No tiene nada que
ver con mi pierna. ¡Ya déjame!

En realidad no era una cortadita. No quería decirle más que eso, así es que dijo —Es un raspón. —Si le
decía la verdad, sabía lo que ella le diría. Las mismas
supersticiones de siempre, cuentos de viejas.

¿Pero qué si era cierto lo que ella le había adver-
tido hace mucho tiempo? Si sólo le hubiera hecho caso
cuando le dijo que no jugara con navajas, entonces no
estaría acostado en el asiento trasero del auto camino a la sala de emergencias. Era una tontería lo que
ella siempre le decía desde que era chico: "Si te cor-
tas por andar haciendo tonterías, como jugar con
navajas cuando tu mamá te ha dicho más de un
millón de veces que no, se te van a salir las tripas por
la cortada. ¿Y luego qué? Las hormigas se darán un
festín con tus intestinos". ¿Qué pensaría un niño
sobre algo tan sangriento pero tan suave? Exacto, así
es que toda su vida (hasta hacía un par de días) jugó
con navajas.

Durante el fin de semana, Louie había estado
jugando a la gallina con la navaja nueva de Rudy; tú
sabes cuales: esas que se abren con un movimiento de
la muñeca y luego se traban y quedan abiertas, tie-

nen un mango café claro grabado con la imagen de un águila. La navaja medía casi cuatro pulgadas. El juego era así: los muchachos se paraban a tres yardas de distancia uno del otro frente a frente. El de la navaja la tiraba hacia los pies del otro, tratando que cayera lo más cerca del pie como fuera posible sin ensartarla en el pie. Si el muchacho que lanzaba la navaja le daba en el pie al otro, terminaba el juego. También se acababa si al que le lanzaban la navaja se movía. Entre más cerca de los dedos quedaba la navaja, sin tocarlos, mejor.

Pero había otra forma de ganar: el que sostenía la navaja la lanzaba hacia el otro pero esta vez trataba de darle a una marca en el suelo. El otro niño se tendría que torcer, voltear o estirar hasta poner una mano sobre el lugar donde la navaja tocó el suelo, y luego le tocaría a él su turno. Como el juego de Twister. Eventualmente uno de los dos quedaba tan torcido y estirado que terminaba cayéndose, y así perdía el juego. Simple, ¿verdad? Bueno, no era tan simple si el lanzador le daba con la navaja al pie del otro. Que fue lo que Rudy hizo en uno de sus turnos. La navaja estaba tan afilada que atravesó la lona del zapato de Louie y le cortó el dedo gordo. Hubo sangre y mucho dolor.

Eso pasó hace cuatro días. Había sido más o menos el mismo tiempo desde que había empezado a sentirse cansado y luego mareado un día después. Hoy había empeorado la cosa. Su mamá se había enterado y ahora iban camino al hospital donde las enfermeras lo examinarían al derecho y al revés, le

harían todo tipo de preguntas para las que él probablemente no tendría respuesta, a menos de que admi-
tiera que había estado jugando con navajas.

—Déjame ver la cortada —le dijo Mamá. Ajustó el
espejo retrovisor, y luego torció el cuello para ver
mejor.

—Mamá, fíjate por donde vas —le dijo.

Pero antes de estrellarse contra un árbol o un
auto, y antes de que él se pudiera quitar la venda,
entraron al estacionamiento del hospital.

Después de llenar unos formularios, enseñar la
tarjeta del seguro médico y después de que Louie le
mostrara la pierna a la enfermera, lo llevaron directamente a un cuarto para examinarlo. Le dijeron que
el doctor estaría con él en un ratito, le pidieron que
levantara la pierna en varias almohadas como Mamá
le había indicado que lo hiciera en el auto. La inflamación no había disminuido nada, pero ya no sentía
tantas punzadas, y se estaba acostumbrando a la
sensación de vacío en su estómago. No les menciona-
ría esa parte. ¿Qué si se reían de él porque pensaba
que las tripas se le iban a salir por el dedo gordo?
Sacudió ese tonto pensamiento de su cabeza. *No
estoy tan chico como para creer en tonterías*, pensó.
Era una tonta superstición.

En biología, aunque no había puesto mucha atención al capítulo sobre la parte interna del cuerpo,
aprendió que los intestinos estaban pegados a su
estómago sí o sí. Estos no se saldrían a menos de que,
claro, alguien le rajara el estómago de costado a costado. Pero, ¿salírsele por un dedo? Imposible.

La enfermera entró y dijo que había que quitar la venda. Fue la primera vez que Louie vio sangre en la venda. De hecho, toda la venda estaba cubierta de café, de sangre seca.

—Veamos qué tenemos aquí. Puede ser una infección. —Luego le dijo a mi mamá—, Los niños ahora no saben lo serias que pueden ser las infecciones. —Hizo un chasquido con la lengua y empezó a desenredar la garra sucia de mi dedo.

En ese momento entró el doctor y se asomó por encima de la enfermera. Louie los observaba y esperaba a lo que verían cuando el dedo quedara descubierto. Todo lo que vio Louie fueron sus bocas y ojos bien abiertos. Luego la enfermera saltó y alcanzó la gaza que estaba en una charola a un lado de la cama.

—Rápido, rápido —dijo el doctor.

Louie sintió que algo corría por su pierna. Escuchó que la enfermera dio un grito ahogado, y luego él se desmayó. No del dolor, o al ver su propia sangre (porque no podía verla), pero al escuchar el chillido de su mamá cuando se acercó a la cama y vio lo que había hecho que la enfermera saltara tres pies para arriba y tres para atrás, y el doctor que decía: —Ay Dios, ay Dios. ¿Qué es esto?

Cuando volvió en sí, lo primero que pensó fue, *Esto no está bien. Es como si estuviera colgando por los dedos de los pies.* —Oigan, ¿qué está pasando? ¿Mamá, estás aquí?

Pero no estaba colgando por los dedos. Estaba amarrado a la cama y toda la cama parecía estar inclinada en un ángulo de 90 grados. Llevaba puesta una bata de hospital, lo que no importaba porque estaba toda enredada sobre su pecho y se le veían los calzones. ¿Y la pierna? *Híjole*, pensó. *Ya no está tan inflamada. ¿Qué pasó?* Y más allá del muslo y la rodilla, en lo alto, vio que el dedo gordo estaba cubierto por un yeso. Un yeso limpio y blanco. Ya no era una garra llena de sangre y ya no sentía punzadas.

—Luis, mijo, ay, Dios mío —dijo Mamá—. Qué susto nos metiste.

—¿Por qué estoy colgando al revés, Mamá? ¿Me puedes tapar, por favor?

—No te preocupes de eso. Sólo estamos tú y yo en el cuarto. Y la enfermera que viene cada media hora para bajar la cama una o dos pulgadas. Y el doctor, que sólo ha venido unas cuantas veces desde la operación, pero lo desconcertaste. Viene, mira tu dedo, te revisa el estómago, mueve la cabeza, luego se va sin decir nada. Está anonadado.

—¿Operación? ¿Qué operación?

—En tu dedo, mijo.

—¿Mi dedo? ¿Qué le pasó? ¿Y mi estómago? ¿Me operó el estómago?

—Pues, mijo, no lo habría creído si no lo hubiera visto con mis propios ojos. Digo, cuando estabas chiquito, sólo te decía que se te iban a salir las tripas para asustarte cuando jugabas a las luchas, pero, híjole . . . —se abanicó con la mano—. ¿Quién lo diría?

—¿Qué estás diciendo, Mamá? ¿Qué pasó con mis tripas?

—No te preocupes por eso ahora, están bien. Sin embargo, el doctor dijo que la herida fue resultado directo de un objeto muy filoso. Como una navaja. Pero dice que todo está bien ahora. Y la enfermera (que, de hecho, jamás había visto algo así) dijo que si no hubiera sido por esa venda, seguro que habrías arrastrado los intestinos por toda la ciudad.

—¿Quieres decir que . . . ? —Y Louie se desmayó otra vez.

Bailando con el diablo

L a mamá de Joey se estacionó afuera del gimnasio donde estaban reunidos unos cuantos estudiantes.

—¿Estás seguro que el baile es hoy? —Miró hacia la entrada pero las puertas rojas estaban cerradas—. Mmmm —dijo—. Tampoco veo luz en las ventanas. ¿Creen que el baile sea en otro lugar?

—Es aquí, Mamá —dijo Joey—. Aún es temprano. Es por eso que el gimnasio aún está cerrado. Las ventanas están muy alto y probablemente están cubiertas con papel, por eso no verías la luz aunque estuviera encendida. —Él también dudaba. Casi deseaba que hubieran venido al baile en el día equivocado. Así no tendría que enfrentar el hecho de que esa niña de quien estaba todo enamorado desde no sabía cuándo no lo quería. Todo esto de acuerdo a los chismes que escuchaba en los pasillos.

—¿Estás seguro, mijo? No quiero dejarlos a ti y a Juan solos. ¿Qué si alguien los secuestra? Ayer vi en las noticias que un hombre se escapó de una prisión en Michigan. Un psico-asesino que estaba encarcelado por atacar a niños. Y no lo han atrapado. Dicen que anda armado y que es peligroso. Tal vez deba esperar aquí para asegurarme de que van a estar bien. Joey sintió que Juan contenía la risa en el asiento trasero. —Mamá, por favor, estamos en Texas. No es posible que ese asesino haya llegado hasta acá en tan poco tiempo. A menos de que tenga conexiones con los tipos de *Star Trek* y le pidió a Scottie que lo tele- transportara a La Joya. Además, no soy un bebé, estoy en octavo grado y sé cómo cuidarme. Así es que puedes ir a casa, ¿de acuerdo? Vamos a estar bien. ¿Nos recoges a las 10?

Joey escudriñó al pequeño grupo para ver si esta- ba Marlen. Si estaba allí, no sabía si podría continuar con su plan.

Ni siquiera le había dicho a Juan que Marlen lo había destrozado a él y su tonta invitación para el baile de esa noche. Joey se le había acercado el lunes por la mañana afuera del salón de la banda. Ella tocaba el clarinete y acababa de ensayar así es que justo en ese momento tenía los labios hinchados y con un hermo- so tono rojo. Estaba nervioso al caminar a su lado y de hablarle cualquier cosa, pero eventualmente logró preguntarle si iba a ir al baile. Había pensado invi- tarla a ir con él, pero había batallado tanto en decir- le lo poco que ya le había dicho hasta ahora. Sin embargo, no era suficiente, así es que dijo —Porque pensé que si quieres, bueno, tal vez puedes ir conmi- go, así como juntos. Como una cita, o algo así, o qui- zás no si es muy serio, ¿sabes? —Respiró profundo.

Le había preguntado. Hacerlo le tomó hasta la última onza de energía que tenía, pero la pregunta estaba allí, colgando. Esperó.

Marlen lo miró a los ojos, y luego dijo —¿Una cita? Gracias por invitarme, Joey, pero no sé si pueda ir. Sabes . . . a Papi no le gusta que salga.

Él apenas sonrió y dijo —Está bien, no hay problema. Digo, si no puedes ir, no puedes ir.

Joey había escuchado lo que se decía del papá de Marlen: un tirano, un tipo prepotente, un hombre que sólo dejaría que su hija saliera a un lugar donde había chicos sobre su cadáver, o más bien, el cadáver del chico si éste se atrevía a respirar cerca de su hijita. En cierta forma, esta respuesta lo hizo sentirse un poco mejor acerca del rechazo. Sabes, como que no era algo en él que la hubiera hecho rechazarlo sino que muy probablemente por el monstruo de su padre. De todos modos, qué pena por ella. Y por él también.

—Bueno, gracias por invitarme. —Un segundo después, dijo—, ¿sabes qué? Olvida lo que diga Papi. Sí, iré contigo.

—Qué bueno —dijo Joey. Extendió la mano, ella se la tomó y él la estrechó. La mano de Marlen era suave mientras que la de él transpiraba, pero no la iba a soltar aún. Quería que el momento durara más, ¿sabes?

—Okay —dijo Marlen. Retiró su mano y se dio vuelta para irse—. Ah —se volvió para mirarlo, caminó hacia él, se acercó tanto que podía oler su champú, duraznos, y le susurró al oído—, ¿crees que puedas mantener esto entre nosotros por mientras? Las paredes oyen. No me gustaría que Papi se enterara por otros que vamos a tener una cita. No sé qué pasaría. ¿Me harías ese favor, verdad? —se puso la suave punta de un dedo sobre los labios.

Joey de seguro que guardaría el secreto. Si tenía que protegerla de la ira de su padre, se enfrentaría a las puertas del infierno. Bueno, eso era un poco exagerado, pero tenía una cita para el baile y ya quería que fuera viernes por la noche para que toda la escuela viera que ¡finalmente lo había hecho!

Sin embargo, más tarde escuchó a unas niñas en el pasillo decir su nombre y el de ella, luego se rieron. Se escondió detrás de un grupo de futbolistas y escuchó a escondidas. Dedujo que ella le había dicho a fulano que si quería ir al baile, qué más daba ir con Joey. Dijo que se las arreglaría y que era mejor que la vieran a que no. Pero que si le salía una invitación mejor, dejaría al pobre y tonto Joey de inmediato. Joey cayó como de seis nubes de un momento a otro. Pero era posible que hubiera escuchado mal. Las muchachas podrían estar hablando de otra Marlen y de otro Joey. O tal vez estaban celosas porque no las habían invitado al baile y por eso estaban actuando como tontas. Eso era. Después de todo, fue Marlen quien había querido mantener esto en secreto; no tenía sentido que ella misma lo hubiese contado.

—¿Entonces a las diez? —preguntó Joey otra vez.

Su mamá no le respondió. Se veía preocupada. Así es que Joey dijo —¿Está bien? —otra vez, esta vez entre dientes. Deseaba que su mamá lo tratara como el joven en quien se estaba convirtiendo, que era lo que siempre le recordaba, y no como un niño, o peor, que lo hiciera frente a su mejor amigo, Juan.

—Sí, a las diez —estiró la mano para arreglarle el cuello a Joey.

—¡Mamá! —le dijo, esperaba que Juan no la hubiera visto. Ni soñar que eso pasara. Escuchó que Juan se reía.

Otro auto se estacionó detrás de ellos. ¿Sería Marlen? Se asomó por el espejo de al lado, y vio que se bajaron dos muchachas, ninguna de ellas era Marlen. Caminaron a la puerta del gimnasio, y la abrieron un poco. Uno de los maestros de matemáticas, el señor Flores, sacó la cabeza y les dijo algo. Ellas asintieron con la cabeza y se despidieron con la mano de sus papás.

—¿Ves? —Joey apuntó al gimnasio mientras las muchachas se unieron a un grupo de chicos que estaba junto a un bote de basura—. Tenemos que esperar afuera porque probablemente aún están arreglando el gimnasio. Digo, éste es el baile de la graduación.

—Esto era como su baile de primavera, sólo que no tan lujoso. De todos modos Joey se había puesto su mejor camisa y se había lustrado los zapatos.

—Está bien —dijo—. Pero sal a las diez. No quiero preocuparme. Entraré por ti si no estás listo para irte.

—Eso sería muy malo para Joey. Sería vergonzoso si Marlen y él estaban bailando una balada y su mamá llegaba y le tocaba el hombro. Empezaría a estar pendiente de su mamá desde las 9:30 para estar seguro.

Joey le sonrió a su mamá y abrió la puerta del pasajero. —Te lo prometo. Que me parta un rayo, y todo lo demás.

Más estudiantes se empezaron a reunir sobre el pasto. La mayoría eran grupos de parejas de hombres y mujeres, lo que significaba que muchos también estaban en citas. En cualquier momento él estaría en su propia cita. Aun así, algo en su estómago no lo dejaba estar súper hiper feliz.

Joey miró a su alrededor para ver si veía a Marlen. Se sacudió cualquier pensamiento negativo y trató de pensar en cosas positivas. *¿Qué pensarán estos bobalicones cuando ella y yo entremos juntos?* Pensó. No la veía por ningún lado, pero Joey de todos modos escudriñaba al grupo que crecía poco a poco. Si estaba ahí él no lograba verla.

En los últimos días había estado atento en los pasillos para ver si escuchaba algo. Probablemente se había imaginado lo del otro día, estaba tan ansioso de por fin salir con Marlen. No le entraba ni una mosca en la boca.

Juan dijo —Escucha, amigo, cuando entre, tendré que tirarte a león, ¿me entiendes? Tengo que encontrarme con una muchacha. No te lo dije porque no era gran cosa. Es sólo una amiga, pero uno nunca sabe.

—Entiendo —dijo Joey. Ya no podía esperar más. No pasaría nada si le contaba a sólo una persona, a su mejor amigo ¿verdad?—. Y yo que pensaba que sería yo quien te dejaría botado, pero me ganaste la partida.

—¿Qué quieres decir con que me dejarías botado? ¿Por quién?

Joey sonrió de oreja a oreja.

—¡No me digas! No lo creo. ¿Me estás diciendo que tienes una cita con Marlen?

—Sí —contestó Joey—. Así es que parece que ambos estamos súper puestos.

—¡Genial! Un segundo, ¿la invitaste recién hoy al baile?

—No —dijo Joey, aún estaba sonriendo como tonto—. Lo sé desde hace casi una semana.

—¿Una semana? ¿Por qué no me lo dijiste? Pensé que éramos mejores amigos.

—No es así, amigo. Ella quería mantenerlo bajo el radar. Dijo que no quería que su papá nos descubriera, que lo mantuviera en secreto. Pero te lo estoy contando ahora para que veas que te considero un buen amigo.

—A ver, a ver, tienes una cita con Marlen, el amor de tu vida y estás aquí afuera conmigo, ¿por qué?

—Eso fue parte del trato. Me dijo que vendría sin el permiso de su papá, y que para guardar el secreto no podríamos ni entrar juntos.

—Entiendo —dijo Juan—. Todo me queda súper claro. Me estás usando. No hay bronca.

—No, amigo, no es así. Sólo tú sabes, bueno, es que . . . nunca he ido a un baile con una muchacha, así es que no sé cómo . . .

—Joey, amigo, entiendo. No digas más. Ya te dije que no hay bronca, cuenta conmigo. Ah, y mira —dijo y apuntó hacia las puertas del gimnasio.

El señor Flores por fin había abierto las puertas y le estaba diciendo a los estudiantes que tuvieran el dinero listo para cuando llegaran a él —Siete dólares por persona o diez por pareja para entrar y mover el esqueleto toda la noche. No se aceptan cheques o tarjetas de crédito; sólo efectivo. —Gritó como si estuviera vendiendo periódicos en la esquina.

Joey escuchó a una de las porristas decir —Ya nadie dice "mover el esqueleto". —Mientras se picaba la nariz, su pareja agregó—, Ya sé, ¿qué quiere decir eso de "mover el esqueleto"?

La gente que los rodeaba se rió. Joey no lo hizo. Se contenía, quería ver si Marlen estaba en el auto que se estaba acercando. Ni esperanzas.

Juan empujó a Joey hacia el frente, y luego dijo, lo suficientemente fuerte para que el señor Flores lo escuchara —Oiga, maestro, ¿qué si Joey y yo entramos juntos? ¿Pagamos diez dólares?

—Sólo si son pareja y bailan por lo menos una balada —respondió el señor Flores. Los que estaban cerca se rieron.

—Yo pago para ver eso —dijo uno de los futbolistas—. Sabía que ustedes eran más que amigos. —Se rió con una risa estúpida, y le repitió el comentario a su pareja y a sus compañeros de equipo, quienes soltaron sendas risotadas. Si Joey hubiera estado en alerta les habría contestado —Cállate, suspensorio. Nosotros no andamos dándonos nalgadas como ustedes. —Excepto que estaba sacado de onda. Así de miserable se sentía al no ver a Marlen. Y en un rato estaría adentro, y todos descubrirían que estaba allí con Juan y no con Marlen, la muchacha más linda de la secundaria Nellie Schunior. Así es que no importaba lo que el suspensorio acababa de decir.

El suspensorio agregó —Oigan, ¿se van a tomar una foto en pareja? Eso sería divertido, ¿verdad? —le dijo a sus compinches.

—Sí, divertidísimo —dijo Juan— Ya, ¿no? —Juan le entregó sus siete dólares al señor Flores y luego Joey hizo lo mismo—. Qué pesado es ese tipo —le dijo Juan a Joey—. ¿Cierto?

La verdad es que a Joey no le importaba que los otros hicieran bromas. Estaba enamoradísimo de Marlen, pero aún no la había visto y empezaba a perder las esperanzas de hacerlo. ¿Tal vez había confrontado a su papá, y éste no le había permitido venir? ¿Tal vez . . . ? Ni siquiera quería imaginar lo que su papá le había hecho si se había enojado con ella.

Mientras caminaban, Joey notó que Juan asentía pensativo. —¿Qué onda?

—Híjole, ya lo entiendo todo. No había atado cabos hasta ahorita. Sobre un rumor de tu chica. Sin embargo, ahora que sé lo que sé, todo tiene sentido.

—¿Qué tiene sentido? ¿Cuál rumor?

Antes de que Juan le respondiera, Joey miró a través del gimnasio y ¿a quién creen que encontró sentada sola al otro lado en la mitad de las gradas? A Marlen. *¿Cómo pasó sin que la viera?* se preguntó. Se quedó paralizado y tuvo que parar en seco para no chocar contra Juan.

—¿Qué te pasa? —le preguntó Juan.

Joey observaba intensamente a través del océano de la cancha de básquetbol. —Nada, digo . . . —Miró alrededor de donde Marlen estaba sentada.

—Mira nada más, te preocupaste por nada. Entonces el rumor es cierto.

—Caramba —dijo Joey—, no puedo creer que el papá de Marlen la dejó venir al baile. Nunca la deja salir de esa casa. O, se salió a escondidas como dijo que lo haría. Espera, ésta es la segunda vez que dices algo sobre un rumor. ¿De qué se trata? —preguntó Joey.

—Ah, después te cuento. Pero, ¿ya la viste? Tu chica se ve estupenda esta noche —dijo Juan—. Mira lo linda que se ve con el cabello arreglado y la cara maquillada. Está súper guapísima.

—Oye, no hables así de ella.

—No lo puedo evitar, Joey, mírala. Si no fueras mi mejor amigo, y si no estuvieras tan enamorado de ella, bueno, yo estaría tras ella. ¡Te digo que está buenísima!

—Juan, ya te dije que no quiero que hables así de ella. Es una muchacha buena.

—Está bien, no digas más. Estás vuelto loco por ella, ¿verdad? ¿Me atrevería a llamarlo amor?

Joey lo fulminó con la mirada.

—Sí, hombre, sí. No hay bronca. Lo único que tenías que decirme es que la quieres de verdad. Entiendo . . . no es algo pasajero —Juan le dio una palmada en la espalda—. Oye, voy a comprarme un refresco. ¿Quieres uno?

—No, está bien. Gracias —dijo Joey—. Oye, ¿y lo del rumor . . . ?

—Olvídalo. Ella está aquí, y tú también. Mira, voy
a ver cómo está la cosa, a ver qué veo. Al rato los veré
a los dos, eso es, si no me encuentro con mi cita antes.
Y, para que los demás dejen de molestarnos con que
bailemos tú y yo, ve y saca a bailar a esa chica pronto. Si te ven en la pista, tendrán que comerse sus
palabras. —Juan se fue, pavoneándose hacia el puesto de comida.

Joey, escondido entre las sombras de las gradas
cercanas, se preguntaba si podía actuar tan cool como
su mejor amigo. Decidió que eso no era posible en él,
no podría pavonearse hacia esa muchacha súper
linda, aunque estuvieran allí juntos, y empezar una
conversación de la nada, así es que se sentó en las
gradas en el lado opuesto a Marlen. Ella aún no lo
había visto. A pesar de que era su invitada, él tenía
que convencerse de sacarla a bailar una pieza. La
música había empezado y las parejas poco a poco iban
entrando a la pista. Las luces estaban bajas, con la
luz estroboscópica brillando fuertemente y de repente posándose en los ojos de las parejas.

Joey se paró, empezó a atravesar el gimnasio,
pero se devolvió a su asiento porque sentía que aún
tenía que trabajar en cómo acercarse. ¿Qué le podría
decir? —Oye, Marlen, pareces un ángel. Seguro que
Dios te echa de menos. —Sí, eso sonaba elegante.
Después le preguntaría —Éste, ¿quieres bailar? —
susurró. *No, eso no va a funcionar,* pensó. *Muy astu-
to. Eso es lo que Juan diría, no yo.* —Y qué tal; "Marlen, cuando veo en tus ojos, estoy en las nubes.
¿Quieres bailar conmigo?" —*Mejor, pero no. Seguro*

que batallaré con las palabras y haré el ridículo. Mejor algo simple. Iré y le preguntaré directamente. Tiene que ser fácil. —Marlen, sería un honor si bailaras conmigo. —*Perfecto. Al punto. Directo.* Así como lo había aprendido en la clase de oratoria. Se pararía en la punta de los pies, doblaría las rodillas ligeramente. Demostraría confianza aunque le estuviera temblando el estómago.

Empezó a levantarse cuando vio que Juan venía de regreso con Noelia, una muchacha que se reía mostrando los frenillos, así es que Joey decidió posponer atravesar la cancha.

—Joey, ¿sigues aquí? Yo te hacía del otro lado platicando con Marlen, ¿qué no? Pero como estás aquí, ¿aún quieres que te cuente el rumor de Marlen? Como te dije, escuché algo por la mañana, pero no era nada específico. Noelia es la que sabe, ¿verdad?

Noelia asintió y le dio un trago al refresco de Juan.

—¿Bueno, de qué se trata? ¿Me lo vas a decir o te vas a ahogar con esa Coca? —preguntó Joey.

—Anda, Noelia, díselo.

—Bueno, primero, a nadie le cae bien un tipo sarcástico, Joey —dijo—. Segundo, aquí está la mera verdad sobre Marlen. Hoy en la escuela escuche, de una amiga de ella, ustedes conocen a Carmen, ¿verdad? Bueno, Carmen dijo que Marlen les dijo a sus papás anoche que si no le daban permiso para venir al baile se iría de la casa y vendría al baile. Su papá le dio una cachetada y dijo que no iba a permitir que su hija, a su edad, fuera a un baile. Que no iba a dejar que se convirtiera en una de *esas* mujeres. Que no lo iba a avergonzar poniéndose un vestido de noche y que se maquillara como esas mujerzuelas que bailan con cualquier chico de manos y mente sucias. Carmen dijo que Marlen enfrentó a su papá sin parpadear y dijo, "Papi, si eso es lo que piensas de mí, creo que no hay nada que pueda hacer para cambiar tu opinión. Así es que *sí* iré al baile, y tú puedes pensar de mí lo que quieras". Su papá estaba a punto de darle otra cachetada, pero su mamá se desmayó y él tuvo que hacerse cargo de ella. Cuando todos se fueron a acostar por la noche, Marlen salió a escondidas de la casa y se fue a quedar con Carmen.

—Qué chido, ¿verdad? Y dijiste que era una niña buena. Te digo que es un bombón. Con esa actitud tendrás que repensar esto de estar enamorado de ella. Qué tal si decide tomar las riendas de la relación y te trata como un muñeco de trapo. Y *tú* estás aquí con *ella*. Qué buena onda, Joey.

—Ay, ¿tú eres el de la cita? Lo siento entonces —dijo Noelia.

—¿Por qué lo sientes? Es un cuerazo, y él está con ella. Es un Casanova cualquiera, bueno si se relajara un poco. ¿Por qué lo sientes?

Noelia movió la cabeza. —¿Te puedes callar un segundo, Juan? Esto es serio.

—No sé si deba decírtelo, Joey, pero, bueno . . .

—Díselo ya. Quiero bailar —dijo Juan.

Noelia miró a Juan con desprecio.

Joey dijo —¿Qué pasó, Noelia? ¿Qué más escuchaste? ¿Marlen está bien?

—Todo depende de cómo definas "bien". —Pensó un segundo, y luego dijo—, Esto lo escuché directamente de Marlen. Lo que te voy a decir te va a doler, pero es mejor que lo escuches ahora y no la próxima semana. Estaba en su salón de clases ayer cuando le dijo a los tontos que tiene por amigos que nadie mejor la había invitado al baile, así es que tendría que aguantar a su cita, supongo que a ti. Sólo que no dijo tu nombre. En vez de eso dijo "con ese pobre flaco y espinilludo". Siento ser quien te diga todo esto. Y ahora, cuando estaba comprando nachos, escuché que un muchacho la anda buscando. Pero no creo que sea estudiante de esta escuela. Ni siquiera creo que sea de La Joya. En todo caso no lo he visto por aquí, tal vez es primo de alguien. Anda vestido bien anticuado como mi papá en las fotos de cuando estaba en la prepa, pero este tipo se veía muy bien en el traje negro cruzado y unos zapatos Stacy Adams súper brillantes. Lo que mi papá llama súper clásico.

Juan le puso la mano en el hombro a Joey y dijo —Caramba, amigo. Qué pena. Marlen es una bruja. Tal vez Noelia escuchó mal. ¿Verdad, Noelia?

—Puede ser, pero estoy segura de lo que escuché.

—Sí, pero a lo mejor escuchaste mal, ¿verdad?

Noelia asintió desganada. —Sí, bueno, ¿Vamos a bailar o qué?

—Sí, en un segundo. Escucha, amigo, tienes que pensar positivamente. Voltea esa sonrisa al revés, Joey. Recuerda, ella está aquí contigo. Eso cuenta. Así es que ¿compites con alguien más por su atención? Sácale ventaja al momento, hombre. Tienes que ponerte a trabajar ya si no el tipo te la va a ganar. El amor no es fácil. Tienes que comprobarle que no eres un tipo flacuchento lleno de espinillas a punto de reventar, amigo. Y ella es una flor lista para ser cortada, ¿me entiendes? Je, je, je. Así es que manos a la obra.

—Cállate. ¿En verdad se veía suave el tipo, Noelia?

La muchacha asintió y jaló a Juan por el brazo.

—¡Guapísimo! Lo siento. Pero, la verdad la verdad, mis ojos ardieron con sólo mirarlo. Tuve que voltearme. Vamos, Juan, dijiste que bailarías conmigo si venía y le decía a Joey lo que escuché y vi. —Se fueron a la pista de baile y se abrazaron para bailar una balada.

Joey se levantó y empezó a atravesar la pista por cuarta o quinta vez. Estaba decidido a acabar con esto. Iba a hacer algo. Después de todo, le gustaba mucho esa muchacha. Además, Juan tenía razón: *Ella está aquí conmigo y no con un forastero que va a venir y llevarse lo que es mío.* Sin embargo, se detuvo en seco en la mitad de la pista. Cerca de las puertas estaba el tipo. Lucía elegante en su traje rojo sangre.

Noelia no había exagerado sobre lo sofisticado que se veía el forastero. El tipo atravesó la pista. Joey tampoco lo reconoció. Estaba a diez pies de Marlen, y ella lo miraba a los ojos. Él se le acercó, y ella movió la cabeza diciendo "no" pero sonriéndole "sí" al forastero. El tipo le extendió la mano, le sonrió, insistiéndole que bailara con él. Ella se mostró tímida. Movió la cabeza otra vez diciendo "no," pero esta vez le tomó la mano. Cuando se levantó para bajar las gradas con

el forastero, su cabello se meció. Se pasó la mano por
el pelo y lo acomodó sobre su hombro izquierdo. Joey
se quedó parado y vio cómo Marlen se deslizaba al
medio de la pista, y él la abrazó por la cintura.

Pobre Joey. Cabizbajo regresó a donde había estado sentado en las gradas. Faltaba mucho para las 10.
Juan le tomó del brazo cuando pasó cerca —Híjole, te
la ganó. A lo mejor pueden bailar la canción que
sigue. Está aquí contigo, ¿qué no? Pero tienes que
estar listo. No te agüites.

—Estoy bien, hombre. No te preocupes por mí
—dijo Joey. Luego se sentó y miró a la muchacha de
quien había estado enamorado desde cuarto año bailar con un forastero, y por lo que Joey podía ver, el
tipo era muy buen bailarín. Las luces estaban tenues,
tal vez el forastero no era tan bueno. Como si supie-
ra lo que Joey estaba pensando, el forastero se dio
vuelta para mirarlo y le sonrió con una sonrisa malé-
vola. Sus labios desaparecieron y mostró unos dientes puntiagudos. *¿Me estoy imaginando cosas?* se preguntó Joey. Se sobó el corazón roto, se sacudió las
telarañas de los ojos y se limpió lo que creyó eran
lágrimas. Volvió a mirar y el forastero ya no le sonreía. *Cierto, seguro me lo imaginé*, pensó. *Estoy tan
enamorado de esa muchacha que hasta estoy viendo
cosas.* Hizo un esfuerzo para no mirarla. Miró al piso
bajo sus pies, entre sus zapatos. Sus ojos parecían
arder. Le picaban. Agachado, dejó correr algunas
lágrimas, eso disminuyó el ardor en sus ojos.

Si la hubiera estado mirando abría visto que el
forastero la estaba dando vueltas y vueltas, más y

más rápido. Tan rápido, de hecho, que se le salieron los zapatos. Si Joey la hubiera estado mirando, habría visto que lo que ella vio cuando miró hacia abajo tratando de soltarse del forastero. ¡Sus pies no eran humanos! Uno de ellos, el derecho, era la pezuña de un chivo, el otro, el izquierdo, era la pata de un gallo. Intentó gritar pero él le tapó la boca con la mano. Lo miró a los ojos y descubrió que sólo eran llamas. Trató de agitar los brazos con rapidez para que la soltara. Sólo logró empujarle el sombrero hacia atrás en la cabeza. Ahí fue cuando vio que tenía dos cuernos que le salían por la frente. El sombrero los había estado tapando todo este tiempo. Pero Joey no vio nada de esto. Si sólo lo hubiera hecho.

Las demás parejas en la pista sí vieron que algo pasaba pero pensaron que era un espectáculo magnífico, así es que les hicieron un círculo a los bailarines. Vieron que el vestido de la chica daba vueltas, los brazos se agitaban con una magia salvaje, y el forastero sonreía y le acariciaba la cara. Bien pronto, los pies del forastero, si se les puede llamar así, sacaron chispas y, de un momento al otro, salieron llamas del piso. Después se hizo una torre de fuego que consumió a la pareja. Todos los demás se esparcieron, no caían en cuenta de lo que pasaba, no les importó en lo absoluto que una de sus compañeras estaban siendo consumida por ese fuego.

Tan pronto como aparecieron las llamas, desaparecieron. No quedó nada más que el humo y el círculo quemado en el piso. Salía fuego de un pilar en el techo, y quedó olor a azufre. —Sí, azufre —Suspensorio les dijo más tarde a los policías que vinieron a investigar lo sucedido—. Olió a azufre, y Marlen y el forastero desaparecieron. —Estaba llorando, obviamente afectado por lo que vio.

Joey le dijo a los policías que no vio nada.

Si hubiera estado poniendo atención a la niña de sus sueños, tal vez la podría haber salvado. Tal vez su inocente amor habría sido suficiente para derrotar la maldad del forastero. Pero Joey no había puesto atención.

Si Diosito quiere

—Si Diosito quiere —dijo María.

—Sí —respondió Julia—. Si Diosito quiere yo también iré al baile la próxima semana. —Era el primer baile del año, uno de los cuatro que tomaban lugar en Peñitas de Abajo. Los funcionarios de la ciudad habían contratado a una banda profesional de San Antonio, y la gente del pueblo estaba entusiasmada. Vendría gente de todos lados: Palmview, Abram, El Ojo de Agua, La Joya. Algunos vendrían de tan lejos como Sullivan City.

María y Julia habían asistido a los bailes del año pasado porque ya tenían la edad para hacerlo. Pero Cecilia no, de hecho no podía porque era muy chica. Sin embargo, este año ya tenía la edad. Había celebrado su quinceañera apenas el mes pasado. Así es que ahora que ya tenía quince, esperaba ir y, para desgracia de sus papás, en el baile habría muchachos. Con su permiso podría ir a los bailes, pero la estarían vigilando.

Lo que sus papás no sabían es que a ella le gustaba un muchacho de Mission a quien había conocido cuando visitó a Tía Marta. Su mamá y su tía habían entrado a una tienda a comprar tela para el vestido de la quince, algo que Cecilia estaba cansada de hacer. Tanta tafeta, tanta seda. Les había dicho a sus papás que no quería una quinceañera. —No digas eso, mija —le dijeron—. Todas las niñas sueñan con una quinceañera. —Pero ella ya no les ayudaría más de lo justo y necesario. Peleó con sus papás en cada paso de la preparación.

Cuando su mamá y su tía Marta estaban fuera de su vista, un muchacho se presentó con Cecilia en la acera frente al teatro Border. —Soy Ernesto, y tú eres el aliento que me sostiene. —Se ganó a Cecilia con una sola frase. Miró en sus ojos y vio su futuro juntos. No cabía duda, él iba a ser su marido. Estaba un poquito nerviosa, así es que se olvidó de la celebración de su cumpleaños. Pero sí le dijo que el primer gran baile en Peñitas de Abajo sería pronto. —Iré al baile para verte —le dijo él—. Bailaremos toda la noche. —Ay, le entusiasmaba verlo otra vez y bailar con él. Cecilia le susurró todos los detalles con rapidez, mirando de vez en cuando por encima del hombro. Él escribió todo en su celular.

Cuando él se dio vuelta para irse, casi chocó con la mamá de Cecilia, quien le puso mala cara, tomó a Cecilia bajo un ala de satín rosa que recién había comprado y refunfuñó.

—Ese muchacho no es para ti —le dijo a su hija camino a casa—. Vi cómo se miraban. Debes confiar en mí, mija, el amor es más que unos ojos llenos de estrellitas. Le frunció el ceño a Cecilia, ésta estaba enfocada en el rollo de tela—. No lo voy a permitir. Recuerda lo que el padre dijo en la misa la semana pasada: los hijos tienen que honrar a sus padres. Eso significa que tienes que obedecerme, obedecernos y confiar en que nosotros sabemos lo que te conviene. Ése es uno de los mandamientos.

Eso fue hace dos meses. Hoy, Cecilia estaba mirando por la ventana de su cuarto, soñando; sus primas, que estaban de visita de Mission, estaban revolviendo las joyas en su joyero.

—En la escuela escuché que Ernesto va a estar en el baile —dijo Julia.

Cecilia se animó un poquitín. Les había contado a sus primas sobre sus sueños. Les había dicho que si no tenía otra, se casaría con Ernesto aunque sus padres no se lo permitieran. Ambas se habían sorprendido con la osadía de Cecilia, y deseaban que lo hiciera para que a ellas se les abrieran más puertas. Cuando los viejos no las dejaran hacer algo ellas dirían "Por lo menos lo que hice no es tan malo como lo que hizo Cecilia". "Sí", afirmarían sus papás. "Por lo menos no es tan horrible como lo que le hizo a sus papás esa malagradecida, pobres papás. Debería estar avergonzada de lo que hizo". Y luego a las muchachas de Mission se les permitiría ir a lugares y hacer cosas que antes no les permitían hacer.

—Quiero bailar con él toda la noche —les dijo.

—Pero ya sabes que tus papás no te lo van a permitir —advirtió María.

—Pero lo haré —respondió Cecilia.

Julia se persignó para que Dios no la castigara, y María dijo, —Sólo si Diosito quiere.

Cecilia se paró y dio vueltas, alzó las cejas y miró fijamente a María. —Iré al baile y pasaré toda la noche con Ernesto, con o sin el permiso de Diosito.

Las primas se miraron la una a la otra y se excusaron inmediatamente diciendo que tenían que estar en casa para la comida, aunque el almuerzo no iba a estar listo en una hora. Camino a casa, una le dijo a la otra —¡Esa muchacha es increíble! ¡Es tan sacrílega!

Temiendo un castigo de Dios al ser vistas con Cecilia, Julia y María no la visitaron el resto de la semana antes del baile. Después de todo, Dios es Dios, y el sacrilegio es un pecado mortal, y un primo es sólo primo de sangre, o sin sangre.

A Cecilia, por su lado, su ausencia no le molestó en lo absoluto. No le importaba lo que pensaran sus primas. También sabía que los primos son simplemente primos y que hay muchísimos. "Si quieren portarse así" se dijo, sonriéndole a su reflejo en el espejo, "entonces no hay nada que pueda hacer para cambiar su manera de pensar tan simple. Tengo que ocuparme de mí. No importa nadie más". Se levantó y caminó a su cama, regresó al espejo y se corrigió "Nadie más, es decir, excepto Ernesto. Ernesto y yo". Ambos reflejos se sonrieron.

Por fin llegó el día del baile. En el salón, que también servía como el ayuntamiento y el refugio de emergencia en caso de otro huracán como el de hacía unas

décadas y del que siempre hablaban sus papás, había
una pancarta gigante que anunciaba el evento de esa
noche como "¡El baile del siglo!" Serpentinas de papel
crepé amarillas y moradas revoloteaban al viento.
Faltaban unas horas para abrir las puertas y todos
estaban preparándose para el evento de esa tarde.

Los hombres del pueblo se formaron afuera de la
peluquería de Ramiro para cortarse el pelo y afeitar-
se. Cuando le tocó el turno al señor Murillo, también
pidió que le lavaran el pelo. Los demás hombres vol-
tearon las cabezas ligeramente en su dirección para
asegurarse de que habían escuchado correctamente
porque eso era algo de mujeres, y esta era una peluquería, no un salón de belleza. Los que estaban más
cerca de la puerta y escucharon la petición se la susu-
rraron a los demás que estaban en la fila que ya
había llegado a la tienda Circle 7. Para cuando el
último hombre en la fila la escuchó, la petición había
cambiado a "Al señor Murillo no lo atendieron en el
salón de belleza porque pidió que lo maquillaran con
colorete y rímel, y cuando le dijeron que se fuera,
lloró. Ahora Ramiro le está lavando el pelo con lavan-
da porque tranquiliza y nutre las raíces del cabello, lo
cual impide la calvicie".

—Bueno —dijo el último en la fila—, si eso hará
que no se me caigan los pocos pelos que me quedan,
yo también quiero que me laven el pelo. —Esta infor-
mación regresó al principio de la fila, y cuando le tocó
sentarse en la silla al hombre detrás del señor Murillo, éste dijo —Ramiro, espero que tengas suficiente
champú para todos. Hay estudios que demuestran

que los hombres se hacen más inteligentes con el lavado de cabello.

Las mujeres fueron a la tienda de telas Fine de la señorita Teresita, donde se tiraron de cabeza sobre las sedas y terciopelos de todos colores. La señorita Teresita estudió diseño en París y fue considerada una fresca cuando recién regresó porque salió de la casa de sus papás sin su permiso. En un último esfuerzo para que no se fuera, su papá le dijo —Mija, ya sabes que cuando regreses ningún hombre se querrá casar contigo. —Ella ya había comprado el boleto de avión y estaba decidida a hacer algo de su vida y a no depender de su familia y de un esposo.

Las mujeres no habían ido a su tienda cuando recién llegó, pero cuando anunció su "mercancía" en la televisión, descubrieron que había traído materiales exóticos de Europa y se convirtieron en sus defensoras más asiduas. Se enamoraron al instante de las extrañas telas, y la señorita Teresita se convirtió en la primera empresaria, y eventualmente tuvo más ingresos que don Reginaldo, el panadero. Hoy, las mujeres estaban en busca de fajas o pañoletas para acentuar sus vestidos de gala. El material escogido se utilizaría para cubrir los hombros desnudos y empolvados.

Cecilia no se había enterado de todas estas actividades, pero tampoco le importaba. Esta noche se vería con Ernesto, el hombre de sus sueños, con quien se casaría y viviría feliz el resto de sus días. Hoy llenaría la tina del baño con pétalos de rosa, se tallaría las rodillas y los codos con áloe y se daría un masaje en los hombros, muslos, piernas y estómago con aceite de coco.

Ya había escogido su ropa en uno de sus viajes a Mission. Era un vestido verde manzana, de terciopelo, hasta la rodilla y con mangas transparentes. Llevaría las esmeraldas de su bisabuela.

Diez minutos antes de que empezara el baile, Cecilia escuchó que sus primas la llamaban afuera de la casa. Fue a la puerta y salió, todas se estudiaron los vestidos. Cada una estaba satisfecha con su propia imagen, así es que no sentían celos una de otra. Las tres eran bellas, y todas se habían dado un baño en algún agua complicada y frotado el cuerpo con todo tipo de aceites y pócimas mágicas que atraerían a todos los jóvenes.

—Vamos —dijeron—. Caminemos. Así llegaremos en veinte minutos y no seremos las primeras en llegar y no nos mostraremos como unas desesperadas.

Aunque estaba lista, y lo había estado por los últimos treinta minutos, Cecilia dijo —No he terminado de vestirme. No quiero que me esperen y se pierdan el primer baile. Me tardaré por lo menos otros veinticinco minutos. Por favor, vayan. Allá las encuentro.

No sólo es sacrílega, sino que también es vanidosa, pensaron. *Está lista para salir pero quiere llegar tarde para hacer una entrada triunfal.* Pero, razonaron, acababa de cumplir los quince y éste sería su primer baile; después de todo, tenía derecho a llegar elegantemente tarde. Pero no le permitirían hacer lo mismo en el próximo baile. —Bien —le dijeron del otro lado de la cerca—. Allá nos vemos entonces.

Pasaron otros veinte minutos, y Cecilia se estaba poniendo más y más ansiosa.

Sus papás se habían ido al salón hacía un rato para llevar una olla grande de frijoles a la charra. Así es que Cecilia estaba sola en casa y no encontraba la forma de tranquilizarse pero no quería hacer algo que la hiciera transpirar y arruinar su maquillaje y polvo. Se movió nerviosamente, saltó de un pie a otro, movió los pulgares y estiró la cabeza hacia la ventana abierta, tratando de escuchar la música.

Cuando ya no pudo aguantarse, le dijo a su reflejo en el espejo —Ya me voy. —Y caminó hacia el mundo más allá de la cerca. Respiró el aire de la tarde con sus luciérnagas y el cítrico de la huerta cercana. Se imaginó el primer y eterno baile con Ernesto.

Para poder llegar al salón tenía que tomar un camino por el bosque, era sinuoso, subía y bajaba por encima de troncos y bajo el musgo negro que prácticamente se agarraba de la tierra.

Cuando ya había entrado bastante en el bosque, se detuvo en seco. Justo enfrente de ella, y bloqueando el paso, había un gran toro negro con cuernos que parecían perforar el cielo. Resopló y Cecilia vio que tenía un anillo en la nariz. El toro se volteó para verla.

Cecilia se dio vuelta y empezó a correr a casa porque pensó que el toro la iba a atacar. Poco después, dejó de correr y empezó a caminar, estaba pendiente del camino atrás, debía asegurarse que el toro no la estuviera siguiendo. Cuando vio que no la atacaría, escogió otro camino para llegar al pueblo. Era uno más aterrador y oscuro, pero uno que el toro no podría atravesar porque había muchos arbustos de huisache.

Ahora tenía que abrirse camino entre las ramas espinosas y desviarse por las parcelas de nopales que ansiosas esperaban sacrificar sus espinas y fastidiar a cualquier miembro de la raza humana que pasara por allí. Pero estaba bien porque pronto estaría haciendo su entrada triunfal y entonces Ernesto . . .

Cecilia no podía creer lo que veía. El toro estaba directamente enfrente de ella otra vez. *¿Cómo llegó aquí antes que yo?* se preguntó. No tenía sentido.

Vio un sendero despejado a su izquierda, lo que sabría sería un atajo hacia el otro camino, y corrió hacia él, dejando atrás al toro, su anillo, su bufido y sus cuernos. Zigzageó entre las parcelas de nopales, dejó que algunas de las ramas del huisache le golpearan los brazos, ligeramente arañándole las mejillas. Pero cuando llegó al camino original, allí estaba el toro otra vez.

Estupefacta y asustada, corrió a casa. Se encerró en su cuarto y se asomó por la ventana para ver si el toro la había seguido. Se dijo —Me voy a dar treinta minutos. Para entonces el toro ya se habrá ido. Entonces iré al baile. —Cada dos minutos se asomaba por la ventana, desde allí tenía una vista clara de la cerca principal y el camino que tendría que tomar. Cuando pasó la media hora, salió a la puerta y el toro reapareció en la cerca como de la nada, bloqueando cualquier posibilidad de atravesarla. Corrió al otro lado, esperaba salir por la cerca del jardín pero en cuanto salió a la galería de atrás se encontró con el mismo toro negro obstruyendo también esa salida.

Corrió adentro de la casa y se metió a la cama, boca abajo y empezó a llorar. Poco después se quedó dormida. Estaba deshecha. Se había perdido el baile, y había perdido la oportunidad de abrazar a Ernesto y que él la abrazara.

Cuando sus papás llegaron a la medianoche, la pasaron a ver y la habrían despertado para averiguar por qué no fue al baile habían escuchado rumores de que un insufrible muchacho estaba dispuesto a hablar con el padre de Cecilia para pedirle autorización de salir con ella, pero como dormía tan serenamente decidieron no hacerlo.

A la mañana siguiente, Julia y María tocaron a la puerta de la recámara. Segundos después, Cecilia se asomó, aún llevaba el vestido de gala y las joyas. El vestido se había arrugado horriblemente y probablemente no tendría arreglo. Las dejó entrar al cuarto y con cuidado se asomó al pasillo. Después fue a la ventana y echó un vistazo, luego se sentó en la cama cuando comprobó que el toro no estaba afuera.

—¿Pasa algo? —preguntó María.

—No, ¿por qué? —contestó Cecilia, otra vez estirando el cuello hacia la ventana y volviendo a ver a sus primas de inmediato—. No pasa nada.

—Bueno, ¿por qué no fuiste al baile? —preguntó Julia.

—¿Al baile? ¿Por qué no fui?

—Sí. Ernesto te esperó toda la noche. Cuando anunciaron la última canción, se tomó el pecho como si se le hubiera roto el corazón y salió corriendo —dijo María.

—Fue una escena terrible —agregó Julia.

—Pero dinos, ¿por qué no fuiste?

Después de varios minutos de tratar de conseguir alguna explicación y no recibirla, las muchachas dijeron que vendrían a verla durante el fin de semana. Antes de salir al pasillo, María se dio vuelta y dijo —Ah, por cierto, Cecilia, el alcalde anunció que el próximo baile será el mes que entra. Espero que sí vayas a ese.

Cecilia se asomó por la ventana, y sin voltearse para ver a sus primas dijo —Sí iré, pero sólo si Diosito quiere.

Ay, la canica que te tengo

Con o sin el título, Toño hizo trampa en el campeonato de canicas de Peñitas el año pasado. Estoy segurísimo. No sé cómo, pero hizo trampa. No fue algo obvio como cambiar los tiros cuando ya había empezado el juego, o usar un balín. Pero algo pasó y aún no sé qué fue. No tiene ningún sentido que la persona que ha perdido en los últimos tres años se transforme en un genio de las canicas así de la nada.

Con o sin trucos, voy a ganar este verano. Así es que estoy practicando cada vez que puedo, también estoy estudiando videos de varios de los torneos de canicas más concurridos de todo el país y un par de publicaciones de You Tube sobre algunos eventos internacionales. Haré cualquier cosa por conseguir alguna ventaja. Digo, *cualquier* cosa menos vender mi alma, que probablemente es lo que hizo Toño. No me extrañaría. Siempre había querido ganarse el título. Y probablemente yo haría lo mismo por el precio adecuado. ¿Y cuál sería ese precio? Un tiro mágico. Escuché de una canica así. Una niña de Suecia pagó más de 200 dólares por una canica llamada Vórtice del Espacio Sideral, una orbe de vidrio que tiene atrapada una nube siniestra en forma de caracol. La muchacha ganó un premio internacional y dijo que lo había logrado con su tiro mágico, la canica de mármol echa a mano que encontró en la red.

Eso es lo que estoy buscando. Un tiro que me dé una ventaja sobrenatural. Así le ganaré a Toño y volveré a ser el campeón del torneo "Gran maestro de canicas de Peñitas". Tengo que hacerlo este año, a los 15, porque el próximo año seré demasiado grande para concursar. Así es que este torneo es mío.

Como es verano puedo practicar todos los días y todo el día y todo lo que mis papás me dejen, que es bastante porque entreno en el patio de mi casa. Practico a lanzar mi tiro desde atrás de la raya hasta la meta, parado con las rodillas dobladas ligeramente, el brazo colgando a mi lado y luego lo muevo para atrás y para adelante tres veces, después lanzo el tiro por el aire en un arco perfecto, usualmente bota una vez antes de rodar hasta parar a una o dos pulgadas antes de la meta. Cada intento lo hago con mi viejo tiro. La canica perfecta me dejaría a unos milímetros de la línea, si no justo encimita de ella. Yo quiero *esa* canica.

Pero no tengo 200 dólares para comprármela.

—Si lo que buscas es la canica perfecta —dijo Miguelón, mi entrenador y seudo amigo que vive en la misma cuadra que yo—, puede que sepa algo sobre ella. Escuché a un chavo cerca del Circle 7 decir que tiene exactamente lo que buscas.

—¿Sí? ¿Ya la viste? —pregunté.

—No. Toño fue quien me contó del chavo. Toño dice que es algo indescriptible (sus mismas palabras), hasta mejor que la Vórtice, definitivamente mejor que cualquier canica que él tiene. Dice que parece que es de pura plata, pero no lo es, las reglas no lo permiten. Es de vidrio. Juró que es una belleza.

—¿Cómo sabe que no es de metal? Una de metal no me sirve de nada.

—Toño la sostuvo en sus dedos, la colocó en el huequito entre el pulgar y el índice. Dijo que sintió como magia pero que había algo extraño en el chavo. Que tenía un vacío en los ojos y algo de sequedad en la voz. No era una sequedad rasposa, como cuando tienes sed; sino más como el crujir de una hoja arrugada. Bueno, Toño es quien con un campeonato bajo el cinto piensa que Muhammed Ali habla como poeta. ¡Qué importa! En todo caso, el chavo le dijo que se la podía quedar sin pagarle nada, y que había muchas más. Lo único que tenía que hacer era seguirlo al motel donde su mamá los esperaba. Dijo que el chavo le dijo, "Vamos, Toño, tienes que venir conmigo. Tienes que hacerlo". Toño pensó que estaba loco por muchas razones, pero la más importante de todas, ¿cómo sabía su nombre cuando jamás se lo había dicho? Así es que Toño dejó caer la canica y corrió, fuerte.

No lo podía creer. Toño no había aprovechado la oportunidad que había tocado a su puerta. La dejó pasar. ¡Qué tonto! Yo no cometeré el mismo error. Volteé hacia Miguelón, y le pregunté —Y el chavo con la canica, ¿dijiste que estaba en la tienda?

—Sí, en el Circle 7. Espera, ¿qué piensas hacer? —Me tomó por los hombros—. No, no lo vas a hacer, Felipe. Cuando Toño me contó la historia, vi en sus ojos que tenía miedo. No estaba bromeando. Ese chavo lo aterró. Dime que no lo vas a ir a buscar. —Como no le contesté, dijo—, Felipe, dime que no vas a hacer una estupidez.

Eso se lo puedo decir, hasta le puedo prometer que no lo haré. Pero ya estoy planeando ir a buscar al chavo. Esa canica plateada puede ser la respuesta a mis problemas. En todo caso, ¿que es más tonto que dejar pasar esa oportunidad? Con esa orbe mágica, ganaré en Peñitas. Después triunfaré en el campeonato nacional. Y luego en el mundial, ¿por qué no? Además, como lo veo, sólo voy a tomar una canica. La milagrosa que me conseguirá cientos, sino miles de canicas cuando gane todo. Y soy demasiado inteligente como para irme con un extraño a cualquier lugar, aunque parezca un niño indefenso. Estaré satisfecho con sólo una canica.

Sonrío. —Claro, Miguelón. No voy a hacer una tontería. Haré lo opuesto, confía en mí.

La transacción se da sin complicaciones. Yo necesito una canica, él tiene una y me la da y no pide nada a cambio excepto decirme que hay canicas mejores, muchas más, en donde consiguió la que me da. —Si ésta no te dura mucho, Mamá tiene una dorada, un orbe que se transforma en un ojo cuando la sostienes contra la luz. Mamá dice que ese ojo verá por ti en el ring. Te dirá lo que tienes que hacer para ganar. Lo único que tienes que hacer es venir conmigo. Mamá te la dará. Seguro que la canica hará lo que necesitas.

Claro, el chavo es espeluznante con esos ojos negros saltones y la piel pálida y el cabello áspero. Pero cuando le digo que no necesito todo lo demás que ofrece, deja de hablar. —Sólo quiero que lo sepas, allí estará si lo necesitas. —Apunta en la dirección del motel a éste lado de la acequia.

Aunque es tentador, no estoy menso. ¿Quién es el chavo? No lo conozco ni lo he visto antes. Así es que me guardo la canica plateada en el bolsillo del pantalón y camino rápido por el callejón detrás de la tienda, sin voltear hacia atrás ni una vez. Ya tengo lo que vine a buscar, y regreso al patio de mi casa para practicar.

El torneo es en una semana. Si el tiro me va a funcionar, tengo que acostumbrarme a él, ver cómo se porta bajo el estrés.

En el patio, no trato a TCB con cuidado, decido llamarla así *TCB: Taking Care of Business*. La lanzo contra las otras canicas. Es decir, la tiro fuerte contra mis vidrios y ordinarias, y para asegurarme de que va a funcionar, contra mis balines. Cada vez que tomo mi nuevo tiro, lo inspecciono para ver si tiene alguna grieta o pequeñas mellas. Pero no tiene nada. Se mantiene sólida aún con el trato más agresivo. Es una ganadora. ¡*Mi* ganadora!

Además, cuando lanzo el tiro contra mi canica inglesa de la serie especial, logro quitar de en medio a la canica en la mira, y sacar a otras dos del cocol cuando rebota. Además, en cada tiro logro que mi

TCB se detenga en el centro del ring. ¡Pura magia! Es perfecta. Toño no sabrá qué le pegó.

A la semana siguiente empieza el torneo de tres días. Es el que más público ha tenido. Vienen jugadores de todos lados: de aquí de Peñitas de Arriba, de Peñitas de Abajo, de Tierra Blanca, de Tom Gill, hasta viene un niño de Ojo de Agua. Eso significa que hay muchas canicas de por medio. Cada concursante tiene que poner 100 canicas que serán agregadas al pozo cada vez que van saliendo. Las reglas son simples: dos jugadores se enfrentan y el que queda al último se queda con todas las canicas; con todito.

El primer día de la competencia va y viene sin dificultad para mí. Gano mis dos partidos. El segundo día avanza también tranquilamente. Estoy en el último juego. Estoy listo para lanzar mi tiro, apunto, inicio la magia y saco la última canica de mi rival del cocol. Pero descubro un raspón en mi canica plateada. Es más grande que una picadura de pulga, pero es aún pequeño. *Tal vez*, pienso, *no va a haber problema. Sólo me quedan unos partidos antes de la final. Si pudiera hacer que me durara.* Acaricio mi tiro mientras camino a casa. Cuando llego al patio de mi casa, con el dedo del pie rozo la raya, lanzo la canica hacia la meta y ésta se detiene lejos de la marca, a un pie de distancia, cada vez que la tiro. Y cuando la lanzo contra otra canica, no sé si falla de entrada o cuando pegan, pero mi pobre TCB prácticamente rebota contra una de las canicas más comunes. Y lo que es peor, el raspón se convierte en una grieta del grueso de un pelo y por tonto la lanzo tan fuerte que se quiebra por la mitad. Mi canica mágica está acabada. Fuera de comisión. Seguro que mañana me enfrentaré a Toño en la primera ronda, y allí estaré con las manos vacías. ¡Nooooo! Quiero gritar. Se me llenan los ojos de lágrimas. *¿Qué voy a hacer?* pienso. Y no tengo una respuesta. Camino a mi cuarto bien triste. Mi último año en el torneo, y voy a perder. Llegué tan lejos, casi puedo tocar la victoria, sólo para perder ante un chiripazo. Y Toño está jugando con una magia feroz, como un verdadero ganador. Mi antiguo tiro no va a ganar. De repente se me ocurre algo: a primera hora, antes de empezar el torneo, iré a buscar al chavo del motel.

Lo vi en el torneo en un par de ocasiones, siempre entre la multitud pero alzándose y empujando para acercarse cuando nos tocaba jugar a mí y a mi TCB. En ese momento recuerdo que me dijo que su mamá tenía una canica mejor, y eso es lo que necesito. Entonces decido que si él me dice, ve por ese camino para conseguir la canica dorada, lo seguiré. ¿Qué es lo peor que podría pasar? Es un chavo escuálido; yo puedo contra él. Y su mamá no debe ser tan fuerte, digo, es mujer, ¿verdad? Un poco más relajado, empiezo a dormirme.

Pero antes de quedarme completamente dormido, me despierta un aullido y un estertor afuera de mi ventana. Como si alguien estuviera llorando a gritos y tratando de meterse a la fuerza. Al principio tengo demasiado miedo como para bajarme de la cama y comprobar que sólo es un repentino viento del norte que hace que la ventana tiemble así. Pienso en gritarle a Papá, pero eso significa que siempre tendría que depender de un viejo para todo, hasta para espantar los monstruos de viento, *Que por cierto,* me digo, *no existen. Tiene que haber sido el viento.* Así es que voy de puntillas a la ventana y confirmo que esté bien cerrada. Lo está. Hasta echo un vistazo hacia la oscuridad y menos mal que no veo nada o a nadie entre las sombras. —El viento —susurro—. Tiene que haber sido el viento.

Justo en ese momento chilla el viento otra vez, esta vez es un gemido largo y triste. Me volteo hacia la cama y estoy a punto de saltar hacia ella y meterme bajo la seguridad de la cobija, pero me quedo parado en donde estoy. Mientras me doy vuelta, por el rabillo del ojo veo una figura en la ventana, el chavo, tal vez, que sostiene la canica dorada. Me doy vuelta para verlo, pero me encuentro de frente con la ventana y el chavo no está allí y mi corazón late rápidamente en mi pecho. *Todo está en mi cabeza,* intento decirme. Aun así, estoy aterrado, así es que salto a mi cama y en un solo movimiento, me meto debajo de la cobija y me tapo hasta la cabeza. No duermo casi nada.

Al día siguiente, temprano, con los párpados pesados por el sueño, voy derechito a la tienda. Cuando llego, no veo al chavo por ningún lado. Entro y le pregunto a Nena, que está detrás de la caja, si ha visto al niño de pelo alborotado y de piel pálida que ha estado pasando el rato por el teléfono.

—No. Por la mañana sólo viene gente que pasa a comprar desayuno antes de ir a trabajar.

Salgo de la tienda. Tengo que encontrar al chavo, y rápido. Sólo falta media hora para que empecemos a tirar, y si no llego a tiempo, perderé mi partido. No estoy listo para hacer eso. Pero conforme pasan lo minutos entiendo que mi carrera con las canicas está llegando a un rápido y vergonzoso final. *Deja de pensar así*, me digo. *Vas a ganar. Sólo tienes que tener paciencia. Vendrá, conseguiré lo que necesito, y así será.*

Y, como por arte de magia, llega el chavo. Hablando rápido, le explico mi situación. Sonríe, y cuando le pregunto —¿Por qué te ríes? —Él me dice— Por nada. Estoy contento porque, bueno, éste, te puedo ayudar. Y tal vez tú me puedas ayudar a mí. ¿No te haría sonreír eso a ti?

Tiene razón, estoy a punto de ganar el campeonato, nada me va a detener. Le regreso una sonrisa de oreja a oreja.

El chavo dice, —Bueno, me llamo Porfirio, pero llámame Fito. Segundo, tengo la canica que necesitas, la dorada de la que te hablé.

El corazón me está latiendo en la garganta. Lo escuché bien; me dijo que me daría la canica dorada. Me estoy asustando porque ayer por la noche cuando imaginé que veía a Fito en mi ventana tenía en la mano un tiro dorado. Qué miedo, pero ni modo. Él tiene algo que necesito, y que necesito ahora mismo. O en todo caso dentro de los próximos 15 minutos.

—Bueno, dámela, Fito —digo, con ansiedad.

—No la tengo conmigo. Se la tenemos que pedir a Mamá. Ella te va a dar lo que necesitas. Qué bueno que me encontraste esta mañana cuando vine a com-

prar unos tacos porque Mamá y yo estábamos a punto
de irnos. Qué chistoso cómo funcionan las cosas, ¿verdad? Puede que esto funcione para nosotros.

No tengo idea de lo que está diciendo, pero digo
—Sí, que bueno, como sea, vamos. —El tiempo es oro.

Llegamos al viejo y deteriorado motel. Adentro del
cuarto está oscuro, y el aire pesa. La mamá de Fito
está sentada de espaldas a nosotros cerca de una ven-
tanita que da hacia la acequia. —Mamá —dice Fito—.
Mira quién está aquí. Es Felipe.

Al escuchar mi nombre, respira profundamente.
Como que me conoce. Como si hubiera estado lejos por
mucho tiempo y ahora estoy aquí, en sus brazos. ¡Qué
extraño!

—¿En verdad? No puede ser que esté tan cerca
—dice a nadie en particular—. ¿No tendré que volver
a deambular sin rumbo, buscando, siempre buscando? —Como les dije, fue algo raro. En otro momento
me habría ido porque me estaba dando miedo, pero
ella tenía algo que yo quería. Así es que si se levanta,
hace un bailecito y me abraza dándome besos moja-
dos y descuidados en las mejillas, bueno, que así sea,
mientras me dé la canica dorada.

Voltea hacia mí y sonríe, y hace un ademán para
que la siga al pequeño escritorio en la esquina de su
cuarto —Ven. Ay, la canica que te tengo.

Eso es. Ya la tengo. Ya casi estoy allí, casi puedo
oler el triunfo, pero me gustaría que se apurara. Se
me está acabando el tiempo. Seguramente los otros
ya se están juntando, puliendo sus tiros, platicando

nerviosamente. Haciendo predicciones. Algunos pre-
guntando —¿Han visto a Felipe? Escudriñando el
callejón, y cuando no me ven por allí, el grupo entero
de jugadores habla con entusiasmo.

—Bueno —digo— la canica. Fito dijo que usted
tenía otra canica como la plateada que me dio el otro
día, pero que ésta es dorada, y mejor. Así es que . . .

—Así es que —dice ella—, ésta te va a costar.

Entro en pánico. Fito no dijo de dinero. No tengo ni
un peso. Veo a Fito, que se encoge de hombros y desa-
parece en las sombras en la esquina del cuarto.

—¿Costarme? Fito no me dijo que tendría que pagar
algo. No tengo dinero. Pero escuche, si me da la canica, le prometo que si me da una semana, se la pagaré.

—Ah —dice ella—, me la vas a pagar porque no es
gratis. —Entonces creo que la escucho decir —Te va
a costar mucho. —Abre un cajón y después extiende
la mano con la palma abierta, tentándome con la
canica brillante y reluciente.

No la tomo de inmediato. Me detengo. Casi me la
pone debajo de la nariz. Híjole, al lado de la Vórtice,
ésta es la canica más bella del mundo. Después la
rueda ligeramente en la punta de los dedos y cuando
la luz le pega, se forma el ojo y estoy histérico. Es más
linda que la Vórtice de la niña sueca.

—Anda, mijo, llévatela. Ya te dije que es tuya. —Me
toma de la muñeca, la aprieta para que abra la mano
y pone la canica en la palma de mi mano. Siento que
arde en mi palma y ya quiero ir al primer juego del
día. Pero ella no me suelta la muñeca. La sostiene, y
yo tiemblo. Sus manos están frías y calientes al

mismo tiempo. Aprieto los dedos fuertemente con la canica y de un jalón me suelto.

—¿Cuánto va a querer por la canica? —le pregunto.

—Mijo, ve y gana ese tonto concurso. No te preocupes por pagar ahora. Después Fito te buscará. Él te dirá cuánto me debes. Anda y ve, no vayas a llegar tarde.

Con eso, me despido de Fito y salgo rápidamente de allí.

Llego al ring justo cuando Miguelón está a punto de darme de baja. Cuando me ve corre hacia mí. —¿Dónde has estado, hombre? Estuviste a punto de perder todas tus canicas. —Piensa un momento, sonríe y agrega—, Disculpa lo del chiste. Pero es cierto, estuviste cerca. ¿Dónde estabas?

—No te preocupes.

—¿Estás bien? Te ves bien pálido.

Me encojo de hombros y le enseño la canica.

—¡No puede ser! No te dije nada, me callé lo de la canica plateada; ni te pregunte de dónde la sacaste. Honestamente, es probable que no lo hice porque estabas ganando. Te estás metiendo en problemas. Ese chavo es peligroso.

—Qué importa. Fito está bien. Su mamá, por otro lado . . .

—¿Su mamá? —grita Miguelón—. ¿Viste a su mamá?

—Sí, hace un ratito. Vengo del motel viejo. Es bien rara. Te confieso que me dio un poco de miedo, pero aquí estoy, con la canica ganadora en mano y listo para jugar.

—¿Ella te la dio?

—Claro.

—¿Así nada más? ¿Sin condiciones?

—Bueno, dijo que se me la cobraría después.

—¿Te dijo cuánto te va a costar? —me preguntó.

—No, simplemente me deseó buena suerte. Que después mandaría a Fito. Así es que tal vez tenga que pedirte prestado un poco de dinero.

—Por lo que he oído, si ella es quien creo que es, le vas a deber más que unos cuantos dólares —dijo Miguelón moviendo la cabeza.

—Ya párale —dije—. Es lo suficiente aterradora como para que trates de meterme más miedo.

—No, en verdad. Tienes que cuidarte. Anoche le conté a mi abuelo sobre el chavo. Le dije que andaba rondando por la tienda, pero que nadie lo había visto ni en el barrio ni en la escuela. Que andaba ofreciéndoles canicas mágicas a los muchachos. Abuelo me dijo que no me le acercara. Seguro que ella secuestró a ese pobre chavo, y sólo le falta uno para irse a su casa.

—¿Quieres decir que esa mujer lo secuestró?

—Peor, amigo. Esa tipa es La Llorona. Ya conoces la historia: viaja de pueblo en pueblo buscando a niños para remplazar a los suyos, a los que ahogó. Dios la ha condenado a deambular por el mundo buscando a sus dos hijos. Bueno, éste, el chavo ese, ¿Fito? Bueno, ya tiene uno, sólo le falta otro. Con ambos podrá comprobar que no mató a sus hijos. Creo que debes deshacerte de esa canica, ir a casa inmediatamente y encerrarte. No salgas por el resto del verano.

Escóndete, amigo. —Y Miguelón se dio vuelta y echó a correr sin mirar atrás.

La canica dorada está arrasando. Saco a uno y otro tiro hasta que quedamos Toño y yo. Cuando sostengo mi tiro contra la luz, él lo mira fijamente y veo que su barbilla empieza a temblar. Me dice —Híjole, Felipe, no sabes con quien te estás metiendo; yo no quiero ser parte de eso. Me voy. —Se guarda el tiro en el bolsillo, no es nada elaborado, una canica con una red de morados cremosos, y se aleja caminando con rapidez.

Un silencio lleno de asombro cae sobre la multitud. Quedo estupefacto por unos segundos y luego caigo en cuenta que soy el campeón de canicas de Peñitas. He retomado el título y levanto los brazos en el aire. —¡Bravo! —grito—. Soy el campeón. Toño simplemente se dio cuenta de la realidad, se dio vuelta y corrió como una niñita, asustado temiendo que perdería contra un verdadero ganador.

Recojo mis ganancias, recibo todos los cumplidos que me dan, pero sólo puedo con unos cuantos. Además, ya quiero regresar a casa para contar mis canicas y almorzar, el torneo me ha dejado con mucha hambre, y sentarme y disfrutar a lo grande de este momento.

Entonces siento un golpecito en el hombro. Es Fito, y quiere que vaya con él al motel. —Mamá quiere que le pagues. Vamos, amigo. Un trato es un trato.

—¿No puede esperar? ¿Por lo menos una semana? Dime cuánto quiere e iré casa y le sacaré lo que necesite al cochinito de mi hermana —le digo, sonriendo.

Pero Fito no está sonriendo. Está a punto de echarse a llorar, me toma fuertemente de la muñeca y se me caen unas canicas.

—Oye —digo— ¿por qué tanta brusquedad? Nadie maltrata al campeón de las canicas. Te dije que te pagaría cuando pueda. ¡Dile eso a tu mamá, ¿eh?! —Me agacho para recoger las canicas que cayeron a mis pies, y cuando me levanto, le digo —¿Aún estás aquí? Escúchame, anda con Mami y dile que si quiere algo de mí, que venga ella. Si no, empaquen sus cosas como planeaban hacerlo y váyanse. ¡Lárgate! —Me volteó rápidamente y me voy. Segundos después escucho que el viento sopla como la noche anterior. Es un viento cargado de pena y de ira. Me apuro para ir a casa, sin voltear para ver si Fito aún está allí.

Miguelón y sus cuentos tontos. Pienso. *La Llorona. Y Toño con una imaginación tan exagerada.* Pero no me puedo dormir. Pienso que Fito tocará mi ventana en cualquier momento, y detrás de él estará su mamá observándome, cobrándome un dinero que aún no tengo. Pero el ruido que está haciendo va a despertar a Mamá y a Papá. Ése es otro lío que no quiero.

Hacia la medianoche logro cerrar los ojos y dormir un poco, estoy muy cansado como para pensar en Fito y en su mamá. Híjole, gané el campeonato. Eso es lo último que pienso antes de quedarme bien dormido.

Pero entonces me siento en la cama, sorprendido y transpirando. El corazón late con fuerza en mi pecho. Entre ojos veo en la oscuridad del cuarto y reviso cada esquina hasta que descifro las figuras que me asustaron. El lazo del verdugo se transforma en mi mini-cancha de baloncesto, el hombre sentado en la silla observándome es la camiseta de Pittsburg Steelers que está tendida sobre mi silla favorita.

No entiendo qué me despertó, pero empiezo a sentirme más cómodo cuando identifico cada sombra, así es que me vuelvo a recostar sobre la almohada.

Entonces escucho un rasguño en la ventana. Pero no volteo la cabeza para ver. Sólo entorno los ojos. Pero no veo nada.

Cuando escucho las voces otra vez, salto de la cama y voy hacia el interruptor de luz. El ruido ahora es un golpeteo. Es más fuerte y constante. Enciendo la luz y ésta entra a la oscuridad. *Cuando todo se ilumine,* pienso, *estaré seguro.*

El cuarto ahora está todo iluminado, volteo lentamente hacia la ventana. Mis rodillas se doblan cuando veo lo que está allí, y me caigo al piso. En la ventana está la mamá de Fito, su cabello está todo alborotado como si fueran víboras. Está enfurecida. Literalmente le sale humo de la nariz. Y desde mi lugar en el piso veo el fuego en sus ojos. Y sólo puedo pensar que no puedo mover ni un músculo porque me ha hipnotizado.

Pone las manos sobre los vidrios de las ventanas, su aliento empaña el vidrio frente a su boca. No puedo escuchar lo que me dice pero puedo leer sus labios —Ven a mí, hijo. Ven a mí. He venido para que pagues tu deuda.

Intento gritar, levantarme y correr, pero no puedo. Mis piernas están paralizadas.

De la nada, la mujer hace que aparezca una canica. Es negra con motitas pequeñas, como estrellas, y brilla en la punta de sus dedos. —Será tuya —dice—, pero tienes que venir conmigo. ¿Quieres?

No le puedo quitar los ojos al tiro. Imagino todo lo que haría con ella en el torneo nacional. Me pierdo pensando en esto y me olvido de la canica dorada y de las miles que gané hace apenas unas horas. Es tan grande mi deseo por tener la canica que me arrastro hasta la ventana como en un trance, quito el seguro, la empujo para abrirla y estiro la mano para alcanzar la canica.

De un tirón la mamá de Fito la quita de mi alcance, sonríe y dice —¿Es esto lo que quieres?

Asiento con la cabeza. Sé que estoy babeando.

—¿Qué estás dispuesto a sacrificar para que sea tuya? —me pregunta.

No lo pienso dos veces. —Lo que sea —digo. Y lo digo en serio.

La pone en la palma de mi mano. —Entonces es tuya —me dice.

La sostengo cerca de mi cara. *Qué bella,* pienso. No le puedo quitar los ojos de encima. Ni cuenta me doy cuando la mamá de Fito me toma de las muñecas con las manos frías y toscas, sus dedos son como de acero. No me suelta. —Encontré a mis dos hijos —dice. Fito aparece en la ventana, pero como aún estoy observando la canica negra no me doy cuenta que está medio sonriendo—. Ya es hora de irnos.

Ella me jala del cuarto tan rápido que suelto la canica. La escucho botar en el piso y rodar debajo de mi cama. Intento soltarme para recuperar el tiro, pero no puedo. El ruido del viento es como una risa socarrona. La mamá de Fito nos abraza a mí y a Fito, y parece que volamos. Veo hacia abajo y lo único que puedo ver son los techos negros alejándose más y más. Lucho, pero ella me agarra firmemente. Grito, pero la risa chillona ahoga mi grito. Estamos alcanzando las nubes, y Peñitas no es nada más que un piquete de pulga, un rasguño en la tierra, y ya es demasiado tarde para mí. Estoy a punto de desmayarme, miro a la mamá de Fito, ella me mira a mí, y tiene una de sonrisa tan tierna en la cara que le salen lágrimas de felicidad por los ojos.

—Está bien, mijo. Jamás desearás más canicas a donde vamos. Yo me aseguraré de ello. —Me acerca hacia su pecho y está cálido. Cierro los ojos y me quedo dormido soñando en todas las canicas del mundo, más de las que puedo contar.

Sin palabras

L o que pasa es que a las tres de la mañana y a media semana, los que no tienen que ir a la sala de emergencia no van. Están en casa durmiendo en sus cómodas camas en vez de hacer lo mejor por acomodarse en frías y rechinantes sillas metálicas, que son más una herramienta de tortura que una silla.

¿Yo? Estaba en la sala de emergencia aunque en verdad no tenía que estar allí. Excepto que mi hermanita, Lucy, había estado súper enferma la semana pasada con una fiebre que no se le quitaba. Y el doctor de la clínica no entendía por qué tenía fiebre ni mucho menos cómo sanarla. Por la tarde, Mamá había bañado a Lucy en agua tibia para bajarle la fiebre de 103 grados a algo menos peligroso. Pero no funcionó. Así es que por eso estábamos en la sala de emergencia desde hacia cuatro horas, dos que habíamos pasado en la sala de espera junto con un viejo roñoso que tosía desde el fondo de los pulmones asquerosos gargajos amarillentos y verdosos y con un tipo que sangraba galones de sangre de una cortada

73

pequeña en la frente después de chocar contra un árbol en su motocicleta. Era obvio que desde donde estaba sentado el árbol había ganado. Éramos las únicas personas allí.

Mientras Mamá nos registraba y consultaba con la mujer detrás del escritorio de recepción cuándo vendría el doctor a ver a su bebé, yo sostenía a mi hermanita que era como un hornito con cachetes rosados y rojos. "Pronto" fue la respuesta usual y fastidiosa.

Al final llamaron a Lucy, y ella y Mamá desaparecieron detrás de una puerta giratoria, dejándome solo detrás de un anuncio que leía en mayúsculas "NO ENTRAR: SOLO PERSONAL DEL HOSPITAL". Estaba sorprendido de que un lugar lleno de gente educada, ni más ni menos que doctores, permitieran un error como ese, faltaba el acento en "sólo", ay no. Era uno de esos misterios abrumadores que trataba de descifrar para no caer en la inconsciencia durante las otras dos horas: leí todo lo que tenía a mi disposición, cada revista, folleto, póster y aviso de salida. En pocas palabras, cada palabra en los lugares menos interesantes. Peor que en la escuela, si te lo puedes imaginar.

Había empezado a leer *Women's Health* por segunda vez cuando la puerta giratoria chirrió, y me alegré por la compañía, no importaba quien fuera, estaba súper feliz con la distracción. Era una señora seguida por un muchacho de más o menos mi edad, 14. Seguro que la señora era la mamá. Estaba encima de él, como una mamá. Lo sentó enfrente de mí y colocó ligeramente hacia la izquierda de sus pies, nada más ni nada menos que una hielera. Le quitó un mechón de pelo de la frente y le dio un beso. Qué vergüenza. Pero parecía que a él no le importaba.

Llevaba una chamarra de mezclilla oscura, como unas cinco tallas más grande. Tenía los brazos cruzados sobre el pecho. Lo vi a los ojos y me medio sonrió, así es que le regresé la sonrisa. Su mamá dijo —Ahora regreso, Ronnie. ¿Vas a estar bien?

El muchacho, Ronnie, asintió.

—Llámame si me necesitas. Estaré aquí de este lado. —Señaló el escritorio de la recepcionista, que por el momento estaba sola. Se paró allí unos segundos antes de empezar a llamar a alguien para que viniera a ayudarla. Eventualmente, la mujer que había "ayudado" a Mamá y a Lucy salió comiendo una barra de chocolate "Butterfinger". Tenía chocolate en las comisuras de los labios. No tenía idea de lo chistosa que se veía.

En circunstancias normales, una hielera no estaría fuera de lugar. Pero por "circunstancias normales", no me refiero a la sala de emergencia a las tres de la mañana. Pero ésta *era* la sala de emergencia precisamente a esa hora, así es que no podía entender por qué habían traído la hielera. Me molestaba no saber lo que contenía.

Decidí que si no podría empezar una conversación con el muchacho, por lo menos podría pasar el tiempo tratando de averiguar el contenido de la hielera. Mi primera suposición fue que eran snacks y bebidas. Después de todo estábamos en la sala de emergencia.

Mi familia había estado aquí cerca de 4 horas y media ya, y ni idea cuánto nos faltaba, así es que no me cabía duda que el muchacho y su mamá esperarían lo mismo, si no más. Lo que pensé después fue que la experiencia en la sala de emergencias tendría que ser algo recurrente para el muchacho, de otra forma no habría llevado algo para comer. Nosotros no lo habíamos hecho. Pero tampoco éramos de los que siempre iban a las sala de emergencias.

Si era un visitante frecuente, no lo parecía. Naturalmente me pregunté qué le pasaba para que estuviera afuera de casa a esta hora. Allí sentado, se veía bien de salud. Estaba tranquilo, su cara era lo que mi maestra de inglés describía como rubicunda. La semana pasada ella había usado esa palabra cuando estábamos leyendo un poema y la palabra "rosado" salió en la descripción de la cara de una muchacha linda, y alguien se rió porque no se explicaba cómo era que esa palabra podría ser romántica. Se preguntó en voz alta —¿No es lo que pasa a los bebés en las nalgas cuando no les cambian los pañales? —La maestra respondió con su tonito de maestro —Cuando uno está rosado también significa que la cara de uno está rosita, radiante, rubicunda —Allí está.

Eso me recordó a Lucy porque tenía los cachetes rosaditos, o rubicundos. Y en casa eso significaba que tenía mucha fiebre. *¿Podría estarle pasando lo mismo al muchacho? ¿Tiene fiebre como Lucy? ¿Andará dando vuelta algún virus?*

—Es mi mano —dijo el muchacho, como si me estuviera leyendo el pensamiento.

Y por un momento pensé que en verdad tenía su mano en la hielera. Porque no saber era lo que más me molestaba, más que ninguna otra cosa. Pero ¡eso era una locura! ¿Por qué tendría la mano en la hielera con sus snacks y bebidas? Una estupidez, ¿verdad?

Y lo dijo bien tranquilo y sin titubeos. Seguro se reventó un dedo o algo pequeño. ¿Una mano en la hielera? Qué importa. Sería que estaba pensando en tonterías por estar despierto tan tarde. Estaba divagando. Así es que en vez de dejar que mi cerebro se pusiera pastoso, le pregunté —¿Qué le pasó a tu mano?

Entonces la sacó de debajo de la axila. Lo único que pude ver era la toalla. Gran parte de ella estaba roja, aunque había unas partes blancas. Después empezó a gotear rojo sobre su regazo, así es que se inclinó y la sangre salpicó frente a él. Antes de que se hiciera un charco, apretó la toalla con fuerza con la mano buena y la metió con firmeza debajo del brazo otra vez, se volvió a cruzar el otro brazo por encima del pecho. Y parece que la sangre se detuvo.

Tiene que haber visto que me asusté, así es que me dijo —Accidente en la granja. —Como si eso lo explicara todo.

Eso no me quitó el susto. De hecho quedé aún más confundido. Digo, ¿quería decir que se había cortado la mano por completo con las navajas de una cosechadora o algún otro equipo de granja? Pero otra vez, eso no tenía sentido para mí porque ¿por qué estaría usando equipo de granja a esa hora del día? Sabía que los granjeros y los rancheros se levantaban temprano, pero esto era ridículo. Además, era un niño como yo. Tendría que estar en cama durmiendo esperando ir a la escuela al día siguiente.

—¿Accidente de granja? —pregunté.

Asintió, pero no elaboró.

Me quedé mordiéndome la carne suave adentro de la boca mientras le daba vueltas a esa no-imagen de la imagen: accidente de granja.

—¿Me estás diciendo que no hay snacks y bebidas en esa hielera? —pregunté.

Bajó la cabeza ligeramente y desde ese ángulo levantó la vista. Se veía algo espeluznante, como que estaba haciendo alguna travesura. —Así es —susurró.

—Quieres decir que . . . que . . . tu mano . . . éste . . . ¿está allí?

Empujó la hielera con el pie unas pulgadas en mi dirección. —Ábrela —me desafió.

No me atreví.

—Ándale. Ábrela y ve.

Tenía curiosidad, sí, pero me daba cosa pensar en la mano amputada.

Acercó la hielera unas pulgadas más. Estaba entre los dos. Lo único que tenía que hacer era estirar la mano, levantar la tapa y deshacerme de cualquier duda. Me podría quedar dormido sin saber si la mano estaba allí o no. Si lo estaba, el sueño sería inquieto, pero sería el sueño del saber. Si no estaba, entonces me habría hecho tonto, pero aún podría descansar. De otra forma; es decir, sin verla, seguro me pasaría semanas sin dormir.

—Ándale—dijo Ronnie—. Ya sé que quieres ver.

Híjole, sí quería ver, pero también no quería. Mi respiración ahora era pesada. Sentía que se aceleraba, que los ácidos me quemaban el estómago. Me hubiera gustado haber comido más que medio plato de Cheerios durante la cena y calmar esos ácidos. Me incliné, observaba la hielera. Ni siquiera tendría que abrirla completamente. Con levantar la tapa un poco podría ver lo que había adentro. Y luego la cerraría rápido si su mano estaba allí. Si no, si eran snacks, me reiría un poco por hacer caído en la trampa pero sacaría un snack para satisfacer mi hambre. Me incliné un poco más. Estiré los brazos, extendí los dedos de la mano y me acerqué un poco más a la tapa. La iba a abrir. Estaba seguro de ello. Y justo cuando iba a destapar la hielera, una enfermera vino a la puerta SOLO PERSONAL y pronunció el nombre del muchacho: Ronald Neely. Éste se levantó como si nada, luego se agachó, tomó la hielera con la mano buena y se volteó hacia la enfermera.

—Está en mis "genes" —dijo Ronnie sobre el hombro—. El accidente, digo. A mi familia le sucedió lo mismo hace mucho tiempo allá en el mero sur de Texas.

Me desconcertó. *Está en sus* "genes" me pregunté. ¿Qué quiere decir con eso?

—Lo que te estoy diciendo es que es hereditario. Mi bisabuelo era representante de la ley hace mucho tiempo, un Texas Ranger, y se supone que . . . —Pero desapareció detrás de la puerta, por el pasillo. Lo único que quedó de Ronnie fue su espalda que se alejaba. Y un camino de sangre en el piso.

Lo extraño fue que lo que pensé que era una chamarra de mezclilla oscura resultó ser de mezclilla lavada en ácido. Era casi blanca en la espalda, excepto donde escondía su mano/muñón. Esa parte de la chamarra y el trasero del pantalón estaban empapados de sangre. Dejó un pequeño charco en el asiento de la silla donde había estado sentado. No podía creer que estuviera tan tranquilo. Yo me habría desmayado al ver mi sangre, o por lo menos habría gritado como una niñita.

Y ahora deseaba haberme asomado en la hielera cuando tuve la oportunidad porque estaba casi seguro de que su mano estaba allí adentro, porque me habría gustado ver una mano amputada de una persona. Sólo había escuchado esos cuentos de mi tío Xavier de Rio Grande City en el sur de Texas. Pero eso sólo eran historias para explicar por qué los Texas Rangers no eran tan populares entre los méxico-americanos de allá. Se decía que un supuesto bandido fue linchado erróneamente por los Rangers, y como recuerdo, uno de ellos le amputó la mano. Supuestamente la mano cobraba vida aunque su dueño estuviera seis pies bajo tierra, porque quería vengarse de los que, básicamente, asesinaron a su dueño. En ese momento era cuando Tío Xavier se quedaba bien callado y luego gritaba "¡Bu!"

Allá en Lubbock, en el oeste de Texas, estos sólo eran cuentitos, así los llamaba Tío Xavier: La Llorona, el Chupacabras, los cucuys, el Big Bird. La mano pachona. ¡Bu! Y yo había perdido la oportunidad de ver una mano amputada para describírsela a Tío Xavier. Ni modo, para la próxima.

Miré mi reloj y mentalmente me pateé por dejar pasar una oportunidad tan chida. Mi reloj indicaba que ya eran las cuatro. La última hora había pasado con rapidez. Por lo menos había tenido una distracción con Ronnie y la mano amputada. De hecho, me quedé dormido pensando en cómo decírselo a Tío Xavier la próxima vez que hablara con él por teléfono. Cómo le describiría todo lo espeluznante y misterioso como él lo hacía cuando nos contaba cuentos alrededor de la fogata cuando acampábamos en su rancho. Lo último que recuerdo fue que tal vez el bisabuelo de Ronnie participó en el linchamiento del bandido. Aunque no lo fuera, así lo contaría. Claro, a Tío Xavier le gustaría. Y me quedé dormido . . . soñé unas cosas tan vívidas y tenebrosas. La mano de Ronnie había vuelto a la vida. Primero había ahorcado al doctor por tardarse tanto en atender a los pacientes. Después había atacado a las enfermeras, y a cualquier otra persona del SOLO PERSONAL. Finalmente había llegado con la recepcionista. Por alguna razón la mano pensó que ella era quien había cometido la falta ortográfica. Muerte por estrangulación. Recuerdo pensar en mi sueño que el tener que escribir una palabra mal deletreada cien veces era mejor castigo que esto. Jamás me quejaría de eso. En mi sueño estaba soñando en la sala de espera, excepto que me había quedado súper dormido en el sillón reclinable de mi papá, los Cowboys de Dallas estaban perdiendo contra los Steelers de Pittsburg en la tele. Una verdadera pesadilla, ¿no?

Pero al mismo tiempo que estaba dormido también estaba despierto, como sucede en los sueños. Ahora podía ver la mano de Ronnie, medía como seis pies de alto, salía por detrás del escritorio, caminaba como pato hacia mí. Pero mi yo despierto no podía despertar a mi yo dormido, y mi yo despierto estaba entrando en pánico porque mi yo dormido estaba sin palabras y mi yo despierto se estaba riendo del chiste. Pero era una risa fuerte, nerviosa, otra estrategia para despertar, otra táctica para despertar a mi yo dormido. Y la mano amputada de Ronnie, ahora de tamaño normal, gateaba por el piso, iba dejando un camino de mostaza. Y eso tenía perfecto sentido en mi sueño. Enseguida, la mano de Ronnie saltó sobre el regazo de mi yo dormido y trepó mi pecho hasta llegar a mi cuello. Allí me agarró con fuerza, y yo no podía respirar. Pero eso fue suficiente para despertar a mi yo dormido y a mi verdadero yo que se había quedado dormido en la incómoda silla de la sala de emergencia.

Batallé para respirar y abrir los ojos, y me encontré con Mamá frente a mí, tratando de calmarme. Tenía una mano sobre mi hombro, y con la otra me acariciaba la mejilla.

Cuando me sacudí la pesadilla y la falta de aire que la acompañaba, pregunté cómo estaba Lucy.

—Está bien —dijo Mamá—. Mírala. —Y sí, mi hermanita andaba caminando, llena de vida y de energía, corría hacia las puertas giratorias y las veía abrirse y cerrarse una y otra vez. Miré mi reloj y eran las seis de la mañana.

Al salir, volteé hacia atrás, pero la puerta SOLO PERSONAL estaba cerrada. No tenía idea cómo estaba Ronnie. Jamás sabría si le habían salvado la mano y si se la habían cosido.

En el auto, recliné el asiento del pasajero un poco para tratar de dormir en el viaje a casa. Sería un largo día en la escuela. Sí, Mamá insistiría en que no faltara. Ni siquiera una mala noche de sueño en una sala de emergencia la haría pensar de otra forma. Me estaba quedando dormido, pensando en lo que vi y cómo se lo describiría a Tío Xavier. Le encantaría mi cuentito. Estaría orgulloso de que estaba siguiendo sus pasos como cuenta cuentos.

Y en la siguiente luz roja, sentí algo en mi cuello. Me toqué suavemente y cuando me vi las yemas de los dedos, vi que estaban manchadas de mostaza.

De pronto, se me quitó el sueño; me asomé por el espejo retrovisor, por si acaso.

A Good Long Way

**2010, 128 pages, Trade Paperback,
ISBN: 978-1-55885-607-3
$10.95, Ages 11 & up**

AR Quiz #142332 | ATOS English: 5ATOS IL: UG
LEXILE: 780L

The Case of the Pen Gone Missing: A Mickey Rangel Mystery / El caso de la pluma perdida: Colección Mickey Rangel, detective privado

Traducción al español de Carolina Villarroel

**2009, 96 pages, Trade Paperback,
ISBN: 978-1-55885-555-7, $9.95, Ages 8-12**

AR Quiz #134033 | ATOS English: 4.7 | ATOS Spanish: 4.9
ATOS IL: MG | LEXILE: 770L

The Lemon Tree Caper: A Mickey Rangel Mystery / La intriga del limonero: Colección Mickey Rangel, detective privado

Traducción al español de Natalia Rosales-Yeomans

**2011, 96 pages, Trade Paperback,
ISBN: 978-1-55885-709-4,
$9.95, Ages 8-12**

DANCING WITH THE DEVIL

AND OTHER TALES FROM BEYOND

René Saldaña, Jr.

Spanish translation by Gabriela Baeza Ventura

PIÑATA

BOOKS

PIÑATA BOOKS
ARTE PÚBLICO PRESS
HOUSTON, TEXAS

Dancing with the Devil and Other Tales from Beyond / Bailando con el diablo y otros cuentos del más allá is made possible through a grant from the City of Houston through the Houston Arts Alliance.

Piñata Books are full of surprises!

Piñata Books
An imprint of
Arte Público Press
University of Houston
4902 Gulf Fwy, Bldg 19, Rm 100
Houston, Texas 77204-2004

Cover design by Mora Des!gn
Cover art by Sara Tyson c/o theispot.com

Saldaña, Jr., René
    [Short stories. Spanish & English. Selections]
    Dancing with the Devil and Other Tales from Beyond = Bailando con el diablo y otros cuentos del más allá / by = por René Saldaña, Jr.; Spanish translation by = traducción al español de Gabriela Baeza Ventura.
        v. cm.
    Summary: A collection of traditional tales based on Mexican-American lore with a contemporary twist.
    Contents: La Llorona Sings a Happy Song = La llorona canta una canción alegre—Louie Spills His Guts = Louie suelta la sopa—Dancing with the Devil = Bailando con el diablo—God's Will Be Done = Si Diosito quiere—Have I Got a Marble for You = Ay, la canica que te tengo—All Choked Up = Sin palabras.
    ISBN 978-1-55885-744-5 (alk. paper)
    1. Mexican Americans—Juvenile fiction. 2. Children's stories, American—Translations into Spanish. [1. Mexican Americans—Fiction. 2. Short stories. 3. Spanish language materials—Bilingual.] I. Ventura, Gabriela Baeza. II. Title. III. Title: Bailando con el diablo y otros cuentos del más allá.
    PZ73.S2742 2012
    [Fic]—dc23
                                                                2012008729
                                                                        CIP

Printed in the United States of America
April 2012–May 2012
Versa Press, Inc., East Peoria, IL
12 11 10 9 8 7 6 5 4 3 2 1

Table of Contents

For my wife, Tina, and our little *cucuys*,
Lukas, Mikah and Jakob

For Nicolás Kanellos, Gabriela Baeza Ventura, Marina
Tristán, Carmen Peña-Abrego, Ashley Hess and Lalis
Mendoza, and the rest of the crew at Arte Público
Press, reader-makers one and all, *cucuys* of the
highest order.

La Llorona Sings a Happy Song

Both out of breath, our hair matted to our foreheads by sweat, Lauro and I crouched and leaned our backs against the wall of a shed facing the alley some three miles or so from where we'd first begun running for our lives. Lauro gasped and rubbed at his chest, took a gulp of air, then whispered, "Are you okay, Miguel?"

"Yeah," I said, myself struggling for breath. "I'm good. You?"

He nodded half-heartedly.

Shoulder to shoulder, I couldn't decide whether it was Lauro trembling, me, or the both of us. It wasn't a cold night, not even a cool one, but my teeth were clattering, that's for sure. Through my aching teeth I said, "Who was that? A *bruja*?"

"That was no run-of-the-mill witch, Miguel. That was La Llorona in the flesh after us. Best thing for us to do now is to stay put, keep our eyes peeled and our mouths shut." He put a straight finger up to his lips and exhaled a "shhh."

I let my jaw go slack to keep my teeth from giving away our location. Still, though, I heard the pounding of my heart throbbing hard at my ears. I mean, I didn't believe in silly ghost stories when I was a kid and I wasn't about to start now. But, there was something about the fierceness in this woman's eyes, her hair whipping about her like vipers, and that cry of hers as she breathed down our necks, almost like the howling of the wind. An angry and sad wind blowing. I was scared.

Last night, my father came into my and Joselito's bedroom. My baby brother was fast asleep; I only made like I was. Joselito was snoring lightly; I felt his warmth at my back. Father didn't try to wake us. Instead, he sat at the foot of our bed, his back to us. Even in this darkness, I could tell he was crying. His shoulders rose and fell, rose and fell. He sat there for what seemed like an hour. Then, there was a soft knock on the door—my mother, I imagine—and Father stood and crept quietly over to us. He ran a warm, moist palm through my hair, then Joselito's, reached into his pants pocket and whatever he pulled out from there he lay gently on the nightstand. He whispered, "Adiós, mis hijos," then he was gone, and I didn't sleep the rest of the night. I didn't know it then, but I would never, ever see him again.

Lauro and I had stopped gasping for breath, but I hadn't stopped shuddering, especially when from somewhere beyond the shadows of the trees, there was a rustling and a moaning. I looked at him, he looked at me, then we both searched the darkness for the woman who'd chased us all the way here from the river.

We'd been out there earlier with a packet of cigarettes Lauro had "borrowed" from his older brother. Neither of us had ever dared smoke before, and tonight we'd decided we were going to take the plunge into manhood, like all the guys who were tough did. After school, the bus would pick us up at the front of the middle school, then we would head over to the high school.

We'd approach the high school gymnasium from the back, and that's where all the cool guys we knew stood in tight circles and smoked. They'd see the buses coming, but they wouldn't stop puffing away. They just seemed to hurry it up some, taking deeper drags. By the time the buses reached the front of the gym, every one of the smoking high schoolers would be waiting to get on their buses. The only sign that they had been smoking was the smell of it when they walked down the aisle past us to their seats at the back of the bus. They always sat, slouched, and talked about girls.

Every last one of them was cool, and Lauro and I wanted to be just like them. So, Lauro had snagged the packet of cigarettes from his brother's coat pocket earlier in the afternoon, I took a box of matches from the cabinet above the microwave, and we headed for the mesquite trees that lined the riverbank just outside of town. Once there, we planned to climb the biggest of the trees and light up. No one would see us. We shared the first cigarette and I nearly choked on the smoke. Lauro laughed, but stopped when he sucked at the cancer stick—no lie, that's what the lady at the grocery called them—and almost fell from the tree because he almost coughed up a lung. When there was hardly anything left of it except for the butt, Lauro smashed it into the tree. After that, we each took a cigarette and lit up. I wasn't stupid —I wasn't swallowing the smoke this go-around. Just holding it in my mouth and puffing out my chest to make like I was actually smoking. I couldn't let Lauro know I was too chicken to go through with it on my own. I wouldn't be cool no more, and word would get out, I'm sure. Lauro hid the rest of the cigs in a crook in the tree for next time, then we jumped into the cool of the water "to wash away the stink of it," Lauro said. Our parents would never be the wiser.

When we were climbing out of the water, that's when we heard her steps. I looked up, and she was beckoning us over to her. "Boys," she said. "Come over here. I've got something for you."

The following morning, I jostled Joselito awake; the kid could sleep all day if I let him. Besides, it was getting late. Normally we'd already be up and getting about the work of the farm. But Mother hadn't come in at five like she normally did every morning except for Sundays. When we dressed and stepped out into the kitchen, she was sitting at the table, her hair wild, her face, hands, and arms grimy, and her eyes bloodshot like she hadn't slept all night, maybe like she'd been crying all night, too. I asked, "Where's Father?"

It was then that she turned and glared right at me, with the meanest eyes I'd ever seen. She'd gotten angry before; I knew it from her expression every one of those times she was mad for my having not done this task or that the right way. But this morning's glower was full of venom, like I'd had the gall to slap her across the face and she was letting me have it next.

But, she didn't jump to her feet and strike me on the head, she didn't scream at me that I was some kind of brute for asking such a stupid and foolish question.

Instead, she let go of the mean stare and replaced it with a smile, but her stretched lips and bared teeth were even scarier. She motioned to me and Joselito to come to her, "Hijos," she said, "come here. I have some sad news to tell you about your father." Joselito's eyes grew sad and he ran up to her, jumped into her open arms, and said, "What's the matter, Mother? Where's Father?" I stood right where I was, like a tree rooted, and I could smell the fresh earth on her.

The woman seemed to float in our direction. It was weird because there were all kinds of bristly brush where she'd been standing when she'd called out to us, and she wasn't snagging her dress on any of it. And she was coming at us real fast. We got to our feet and ran as hard as we could. We didn't have to look over our shoulders. We knew she was there. Right on our tails. Her cold breath on our necks, her low moaning calling us her children right in our ears:

"*Mis hijos. Ay, mis hijos.*" I just knew she was about to snatch me by the hair with her icy fingers. I dug my chin hard into my chest and pumped my arms harder. "Faster," I screamed at Lauro. "Faster."

Mother sent Joselito and me out to the barn. She said she'd already fed the animals and milked the cows. She said we didn't need to worry about it, but we were not to step one foot outside the barn doors. I tried asking her what was going on, but she smiled at me like she had earlier and said, "It's nothing for you to worry yourself over, mijo." I insisted, and she slapped me, said I was an ingrate, a foolish boy who shouldn't be sticking his nose where it didn't belong.

Joselito whimpered and I told him to shut up. I needed to think, I told him, figure things out. I climbed up to the hay loft, leaving Joselito down below, wiping his snot on a sleeve. I eased myself to the crack in the loft door. From there, I saw Mother step quickly around the side of the house and disappear into the apple trees. I didn't see much more, so I climbed back down where Joselito had fallen into a fitful sleep. I sat beside him and ran my hand through his hair like Father had done the night before.

Without slowing and wheezing, Lauro grabbed me by the arm and pulled me in the direction of some houses on the outskirts of town. I didn't really know this part of our town, except that it was the bad side where all the hoodlums lived: drug dealers, dopers, what my mother called streetwalkers, what the preacher at church called women of ill-repute. When there was a report on the news about a shooting, you could count on it having happened up or down one of these streets, at a bar or a seedy motel.

"Here," Lauro puffed. "Crouch down."

I did and tried to catch my breath. A few moments later, Lauro said it was La Llorona after us, to be still and to keep my mouth shut.

Several minutes passed, and there was no sign of the woman, the witch who had drowned her two boys one day for no good reason. She'd been condemned by God to search eternally for her two sons, who she said weren't drowned but who had left with their cheating father. "The whole lot of them was rotten," she said.

Growing up, when the wind blew hard enough, it howled down by the river. Parents tried scaring us into obeying them without question; otherwise, they'd send us out into the dark night, and La Llorona would likely snatch us up. Early on I figured she was as real as Santa and the Easter Bunny. Just a way to make us do as we were told. Pure fantasy.

Tonight, however, having seen those flames in her eyes, the thrashing hair, well, let's just say that if we made it to morning, I'd be a believer.

Later in the afternoon, Mother came for Joselito and me at the barn. She said she'd taken care of the business she needed to take care of and that we could now come back to the house. "Dinner," she said, "is waiting for us at the table." She'd cleaned herself up and changed her clothes, though the smell of dirt still clung to her. As she took Joselito's hand and led him toward the house, she was humming the tune from my childhood. Joselito looked over his shoulder at me, smiling, apparently having forgotten the fear he'd felt earlier when she'd slapped me; but I hadn't. I still felt the burning sting of her fingers on my face.

We ate in near silence, Mother hummed all the way through dinner. By the time we had finished, the sun had set, and my mother started washing dishes. She said we should go into our rooms and to get dressed in our best clothes. "Where you're going, you want to look nice," she said. "Where are we going?" I asked. "You'll know when we get there," she answered. "Now hurry, do as I say."

When we were done, I remembered that Father had pulled something from his pocket last night and laid it on the night stand. It was two ten-peso coins, one for me, one for Joselito. I told my baby brother these were from Father, and his face broke into a big smile. What he could buy with this much money, he must've thought.

I stuck mine in my pocket. Mother called us out into the kitchen, where she had put out two glasses of milk. "Drink these before we go," she said. "It's fresh milk." I was thirsty, so I gulped it down. Joselito loved milk more than anything, so he sipped his, trying to savor every bit of it. "Hurry!" Mother ordered him. He was on the verge of tears, but he did as he was told. "It's time," she said.

We stepped out the back door into darkness. She took both our hands and led the way. Partway into the apple orchard, I tripped on something and fell face-first into a mound of fresh dirt; it smelled just like Mother had smelled all day. When I sat up, I made out the handle of the shovel I had tripped on. Mother yanked me up by the collar and started dragging us toward the river.

My head was spinning and next thing I knew, Mother was carrying Joselito in one arm: "Don't you fall asleep on me too," she said, her fingers ice-cold on my wrist. "Just like you to get dirty," she said to me. "Just like your father. Dirty to the core. He never appreciated anything I did for him. He deserved what he got." She was sobbing, heartbroken. The only man she had ever loved had betrayed her, was leaving her for another woman, she was sure.

My mind was swirling—I had no idea what she was saying, and she was walking harder now. So confused was I that I didn't realize at what moment we'd left the road and had stepped into the rushing waters of the river, then the water was up to my chin and Joselito was floating on his back, his eyes closed in sleep. Mother wrapped my arms around Joselito as though I was hugging him from behind and then tied a rope around us. Then she kissed us each on the tops of our heads, took a deep breath, and pushed us under.

I hadn't taken a good breath, so my lungs burned immediately, but I was too sleepy now to force my head above water. Joselito hadn't woken up, he looked like a sleeping angel. It didn't occur to me that it was odd that in the middle of the night, in the middle of this murky river, I could make out my baby brother's

face. But I could. I needed to take a breath, but Joseli-
to was so heavy now, so I used my last bit of energy to
kiss him on the cheek and to wrap my arms around
him that much harder. Then it was too dark to
breathe. The last thing I felt was the cold of the coin
in my pocket, rubbing through my pants onto my leg.

It was so dark that I couldn't make out Lauro's face
anymore. I wondered if my mother and father had
noticed yet that I hadn't come back from Lauro's.
Had Dad come out onto the front porch and yelled out
my name? Or, because it wasn't a school night, would
they let me stay out a half hour longer tonight? My
teeth had stopped chattering, and I finally had
caught my breath. So had Lauro. And in this new
quiet, I noticed how the wind had stopped howling.

I hadn't dared to even look over at Lauro in all
this time we'd been hiding, but in this stillness I took
my chance. Slowly I turned my head, and when we
were eyeball to eyeball, I saw that his face had gone
pale, his eyes opened wide, and he was looking just
over my right shoulder, muttering something unin-
telligible: "Lalalalalala." It was then that I felt a cold
whisper on my neck: "*Mis hijos*," it said. "I've finally
found you." I felt a tightening around my chest, like
we were being tied together. Lauro and I were so
close we were hugging each other.

The wind began to blow lightly and, instead of a
wailing, there was a humming of a child's song I
remembered my mother singing to me long ago.

Louie Spills His Guts

Louie was feeling sluggish today. Not coming-down-with-the-flu lethargic. Not down-in-the-dumps, been ditched-by-my-favorite-girl, bluesy-woozy-weary. But for real slow-moving. A couple days ago was when he first noticed he was getting around more slowly than usual. Almost like walking into a heavy, hard head-wind. He didn't take it to mean anything bad then. *Some days, right, move slower than others*, he thought, and left it at that. *It's all in my head. Psychosomatic.*

This morning he got out of bed feeling fine. Started getting ready for school, then his gut felt like it was emptying out. Almost like he was throwing up or like that one time he had the worst diarrhea in his life, sitting on the pot, the levee torn open and his whole insides just splashing hard into the toilet. But he wasn't tossing his cookies or pooping. He was standing, getting dressed, and from one second to the next, he felt poured out. He sat on the edge of his bed and rubbed at his belly, which didn't help, so he smacked himself upside the head to make sure he wasn't just making this stuff up. He stood, walked over to his desk, grabbed the bottle of Pepto Bismol, and chugged what was left. Normally he liked the taste of it, but not today. Not for the last few days, when it seemed not to be doing its job. He could drink bottle after bottle of the stuff, and he would still feel horrible. Drained. He looked at his paling face in the mirror, then thought, *That's really weird. Bizarre.*

A dull thudding began on his right thigh that moved slowly along the rest of his leg, down to his toes. And he knew what would come next: if he didn't elevate his leg quick, the dullness would soon turn to a hard throbbing, especially on his big toe, the one he'd got cut by a knife earlier in the week. Standing on his one good leg, he shook the other, thinking that the swelling and throbbing would go away if he did like the coach always told his players who'd gotten the wind knocked out of them. How many times had Coach said, "Okay, Louie, shake it off. You'll be awright, just shake it off. No pain, no gain"? So there Louie was, shaking his right leg back and forth, and it seemed to work. He sat for a few moments, but not for too long. He had to get to school on time today. Couldn't be late a third day in a row.

Before slipping on his socks, Louie considered changing the makeshift bandage on his toe, but saw it wasn't so messy. Why chance running late? He chuckled at his kind of pun. Right now, he couldn't *run* anywhere with this bum leg. He considered telling his mom and dad about how sick he was feeling lately, but figured it'd go away. Just a funky strain of the flu, or something. *Maybe I got stung by an Africanized killer bee, or worse case scenario, the cut on my toe's infected and has spread, but even that makes no sense. An infection wouldn't do to my stomach what it's doing.* So, without removing the bandage, he poured some peroxide over his rag-wrapped toe, then pulled on the sock and his shoe. He was set. Sitting had helped, if only a bit.

In classes all day, Louie found places to sit where there was an empty desk beside or in front of him so he could elevate the leg. That seemed to quell the swelling and lessen the throbbing. Occasionally, he'd have to shake his leg, and he'd be set for a good half hour or so more.

On his way home that afternoon, every time the leg turned sluggish on him, Louie stopped, found a patch of ground to sit on, and shook his leg in the air. On one of those breaks, he saw Don Armando laughing at him from his rocking chair on the porch. So Louie called up to the old man, "What you laughing at, you stinky old man?" Louie had no idea whether Don Armando really stunk, or how bad if he did, but that was the talk around town about this old widower, that he reeked like a mean dog. This afternoon, Louie was in no mood whatsoever to find out for himself what the old man smelled like.

Even if he'd wanted to, this bad leg of his was out-of-whack enough to keep him focused on one thing: getting home. The old smelly man's porch would be out of his way, so he simply stopped on the dirt path in front of Don Armando's porch, asked once again what he was laughing at, and waited for his answer, all the while shaking out his leg.

"He he he. It's that you reminded me just then, shaking your leg like you was doing, of my old dog, Leaky, God rest his soul. Yeah, sure, every time he finished his business, he always shook that right hind leg just like you. He he he."

That ain't so funny, Louie thought. *I could be a legit cripple, and here's this old-timer poking fun at me. And he's one to be laughing at others.*

Normally, Louie would've said something back at Don Armando, cut him down with some insult just as nasty or worse, but he waved the man off with the palm of his right hand, and trudged on home. His stomach was beginning to feel queasy and hollow again. He hoped there was another bottle of Pepto in his parents' medicine cabinet. Maybe something stronger.

Walking, he felt he was dragging his leg like that ugly helper of Dr. Frankenstein's, Igor. Louie even stopped and looked over his shoulder and saw for a fact his right tennis shoe was leaving a trail in the dirt, so he shook his leg out hard, and sure enough, he heard old Don Armando yakking it up off in the distance.

I ain't no dog, thought Louie. At least he didn't have the hump on his back like Igor. Then his stomach cramped up. *It was meatloaf at lunch today,* he recalled. *Could be that, on top of what I had before, causing all this trouble.* He rubbed his stomach, but that only made him feel worse. *Rudy doesn't call it mystery meat for nothing.* He giggled at what his buddy had said today about the cafeteria cuisine.

Truth be told, though, he got this same empty feeling on the way to school this morning, not as bad, but still. So it wasn't anything to do with bad food, because this morning, he'd had two of his mom's potato, egg and chorizo tacos, and they should've been enough to fill out any holes in his gut, and they were delicious on top of that. So it couldn't be the meatloaf, either. Besides, it was a hollowness he was experiencing, not nausea. Well a bit, but not woozy like he gets when he's eaten a bag of Fritos all by himself, and they sit heavy at the bottom of his stomach. Today's was more like a queasy nothingness.

It wasn't anything he'd eaten, then. It was something altogether different, but what? No telling.

At dinner, there was no hiding this mammoth leg any longer. In an attempt to hide the swelling, he hadn't changed out of his long pants into shorts like usual. Even so, the jean material on the left leg was loose fitting, and on the other it was bursting at the seams, bulging.

His mom immediately wanted to know what was wrong. "Let me have a look," she said.

"It's nothing, Mom. Just a bee sting probably."

"That doesn't make any sense, Luis," she said. She called him "Luis" instead of Louie, which he hated, but she was his mom, so whatever. "You've been stung by bees and wasps before, and you've never reacted like this before. Let's have a look." She was relentless.

He had to pull his pants down in front of her and he was kind of embarrassed. He hadn't been this naked in front of her since the last time he needed her help taking baths, which was a long time ago.

She was inspecting every inch of his leg, but she found no welt from a stinger. She shook her head in disbelief, whooshed a bit of worry, then said, "So if it wasn't a bee, then what happened? What aren't you telling me? Did something happen at school? Talk to me, Luis Carlos."

Well, Louie had no clue what to say. He was at a loss. One day he'd been okay. Had a nice enough leg. Nothing to brag about, but not ugly either. Then the next day, this.

"*Mijo*, are you doing drugs? I saw on the TV news about these steroids these ballplayers are using to get bigger and stronger. Are you snorting those?"

He wanted to laugh: snorting steroids. Where did his mom get this stuff? But he shook his head. "No way, Mom. I'm not taking steroids. This thing with my leg just sort of started happening on its own a few days ago. Like three days." He tried telling that to his mom, but she'd have none of it.

She said, "*Mijo*, pull your pants back up. I'm taking you to the ER." She practically pushed him all the way into the car, shoved him in the backseat. They hadn't even finished supper. She headed back toward the house, said she'd be right back and that she was going for something he could rest his leg on.

She returned with all three cushions from the sofa and made a tower out of them. "Here," she said, "elevate your leg. Maybe it has to do with poor circulation like your aunt Yoni has." She made sure he was comfortable, then stepped in the car and drove away.

Just like Mom, he thought. *Making something out of nothing*, though he was glad for the attention.

Lying on his back, Louie couldn't see where they were headed. He felt her turning left, then going straight, then left again, or right. He'd kind of kept track of where they were heading, but that was a good many lefts and rights ago. All he could see out the window was sky. He had no clue where they were.

"Can you take off your shoe?" his mother wanted to know. "Maybe that'll help the swelling go down?"

It took some doing, having to bend his gargantuan leg at the knee, but yeah, he was able to take off the sneaker.

"How bad does your foot look?" his mother wanted to know next. "*Ay*, I hope it's not diabetes like your Tía Lupita had. They almost had to cut off her leg. Instead, she cut out tortillas and other bad foods from her diet. So no more tortillas and refried beans for you, *mijo*."

Louie took off his sock, a bit worried. Having to get his leg cut off was bad enough, but that plus cutting out his mom's tortillas was too much.

"What's that on your big toe?"

"A bandage," he said.

She looked quickly over her shoulder. "That's not a bandage. It's a *garra*, a dirty rag at that. But tell me, what happened that you need a bandage?"

"Mom, it's nothing but a little cut. It's got nothing to do with my leg. Will you stop it already!"

But for real, it wasn't just a little cut. He didn't want to tell her more than just that, though, so he said, "It's a scratch." If he fessed up, he knew what she'd have to say. That same old superstitious, wives' tale garbage.

But what if it were true what she'd warned against long ago? If he'd only paid attention to his mother about not playing with knives, then Louie wouldn't be lying in the backseat of the car on his way to the ER. It was silly, though, what she'd said all his life growing up: "If you get cut doing something foolish, like playing with knives when your mom has told you not to a million times if not a million and one, your *tripas* are going to spill out through the gash. Then what? The ants'll have a feast on your intestines." So, what's a kid to think at something so gory but cool. So, all his life (up to a few days ago) he played with knives.

On the weekend, Louie was playing chicken with Rudy's new blade. You know the kind, the blade that flips open with a flick of the wrist, then locks itself open, the handle a light brown polish with an image of an eagle inlaid. The blade a good four inches long.

Here's how the game went: the boys stood three yards apart, facing each other. The one with the knife flung it at the feet of the other, trying to get it as close to the foot as possible without actually sticking it into the foot. If the kid tossing the knife hit the other's foot, then the game was over. It was also over if the one being tossed at flinched. The closer the knife came to the toes without touching them, the better.

But there was another way to win: the one with the knife would fling it at the other, this time trying for an awkward place in the ground. The second boy would have to twist, turn or stretch until he placed a hand where the blade stuck into the dirt, then take his turn throwing the knife. Kind of like that game Twister. Eventually, one of them would be so turned around or stretched out that he'd topple, and in that way lose the game. Simple, right? Well, not so easy if the flinger actually sticks the blade into the other's foot. Which is what Rudy did on one of his throws. The blade was so sharp it went right through Louie's canvas tennis shoe and cut into his toe. There was blood and a whole lot of pain.

That was four days ago. It had also been about that long that he started feeling sluggish, then queasy a day later. Today it'd gotten worse. His mom had noticed, and now they were on their way to the hospital where nurses would poke and prod, ask all kinds of questions he probably didn't have any answers to, unless he admitted to playing with knives.

"Let me see the cut," she said. She adjusted the rearview mirror, then craned her neck around for a better look.

"Mom, keep your eye on the road," he said.

But before they hit a tree or an on-coming car, and before he was able to take off the bandage, they'd pulled into the hospital parking lot.

After filling out some paperwork, showing her insurance card, and Louie showing his leg to a nurse, he was ushered directly into an examination room. He was told the doctor would be in shortly, and was asked to prop his leg up on several pillows, just like his mom had told him to do in the car. The swelling hadn't gone down hardly any, but he didn't feel the throbbing so much, and he was getting used to the empty feeling in his stomach. He wouldn't mention that part. What if they laughed at him because he thought it was his guts exiting his body through his toe? He shook the dumb thought out of his head. *I ain't no kid to believe in such nonsense*, he thought. Nothing but a silly superstition.

In biology, even though he didn't pay careful attention to the chapter on a person's insides, he knew enough that the intestines were stuck in his gut, no matter what. Unless, of course, someone sliced open your stomach from hip to hip and then your guts would spill out. But through a toe? No way.

Then the nurse came back in and said the bandage needed to come off. For the first time, Louie noticed blood on the bandage. As a matter of fact, the whole thing was covered in the brown of dried blood.

"Let me see what we've got. It may be an infection." Then, to my mom she said, "Kids today just don't get how serious infections can get. Tsk, tsk, tsk." She started to unwrap the crusty rag from around my toe.

The doctor came in just then and was looking over the nurse's shoulder. Louie was looking at them, waiting to see what they would find once the toe was uncovered. All Louie saw was both their jaws drop and their eyes widen. Then the nurse jumped to grab some gauze on a tray next to the bed.

"Hurry, hurry," said the doctor.

Louie felt a sort of flushing out of his leg. He heard the nurse gasp, and then he fainted. Not from the pain, or from the sight of his own blood—he couldn't see that—but from hearing his mother shriek when she stepped around to the end of the bed and saw what it was that got the nurse to jumping three feet up, three feet back, and the doctor to saying, "Oh God, oh God. What on earth?"

When he came to, the first thing he thought was, *This can't be right. It's like I'm hanging from my toes.* "Hey, what's going on? Mom, are you there?"

But he wasn't hanging from his toes. He'd been strapped to his bed and the whole bed had somehow been tilted what felt like 90 degrees. He was in a hospital gown, which didn't matter because it was bunched up at his chest, and his underwear was showing. And his leg? *Whoa*, he thought. *It's not so swollen any more. What's the deal?* And beyond the thigh and kneecap, way up in the air, he noticed his toe wrapped in a cast. A clean, white cast. No more blood-encrusted rag, but no throbbing either.

"Luis, *mijo, ay Dios mío*," Mom said. "What a scare you gave us."

"Why am I hanging upside down, Mom? And can you cover me up some, please?"

"Don't worry about that. It's just you and me in the room. And the nurse who comes in every half hour to lower the bed an inch or two at a time. And the doctor, who's only been in a few times since the operation, but you threw him for a loop. He comes in, looks at your toe, checks your stomach, shakes his head, then leaves, speechless."

"Operation? What operation?"

"On your toe, *mijo*."

"My toe? What about it? And my stomach? He operated on my stomach?"

"*Pues, mijo*, I wouldn't have believed it if I hadn't seen it with my own eyes. I mean, when you were little, I only told you about your *tripas* coming out to scare you out of playing too rough, but boy." She fanned herself with a hand. "Who knew?"

"What are you saying, Mom? What about my *tripas*?"

"Never mind them now, they're okay. The doctor did say, though, your wound was a direct result of a very sharp object. Like a knife, he said. But everything's okay now, he says. And the nurse (who herself has never seen anything quite like this, by the way) said if it hadn't been for your bandage, you well could've been dragging your intestines all over town."

"You mean?" And Louie fainted again.

Dancing with the Devil

Joey's mom pulled up to the gym where just a few students were gathered outside.

"Are you sure tonight's the dance?" She looked toward the entrance, but the red double doors were closed. "Hmmm," she said. "I don't see any light coming through the windows, either. You boys think the dance could be at another place?"

"It's here, Mom," Joey said. "It's still a bit early. That's why the gym's still closed. The windows are pretty high up there, and they're probably covered up by paper, anyhow, so even with the lights on, you wouldn't know it." Though he was having second thoughts himself; almost hoping they had driven to school for this dance on the wrong night. That way he wouldn't have to face the fact that the girl he was all in love with, since he couldn't remember when, didn't love him back. Not according to the hallway gossip he'd heard, anyway.

"Are you sure, *mijo*? I don't want to leave you and Juan out here all alone. What if someone kidnaps you? I saw on the news how a man escaped from a prison up in Michigan yesterday. Some kind of psycho-killer in prison for going after kids. And they haven't caught him. Armed and dangerous, they said. Maybe I should just wait here to make sure you'll be okay."

Joey heard Juan stifling a laugh in the backseat. "Mom, please, we're in Texas. There's no way this killer of yours could've made it down all the way here in that time. Unless maybe he has connections to those guys on *Star Trek* and asked for Scottie to beam him to La Joya. Besides, it's not like I'm a baby. I'm an eighth grader. I can take care of myself if I have to. So, you can go home now, okay? We'll be all right. Pick us up at around ten? Okay?"

Joey scanned the small crowd to see if he could spot Marlen. If she was there, he didn't know if he had it in him to go through with this.

He hadn't even told Juan about how Marlen kind of trashed him and his silly little invitation to the dance tonight. Joey had approached her on Monday morning outside of the band hall. She played the clarinet and had just finished practicing, so right then her lips were swollen and about the prettiest shade of red. He was nervous walking beside her and making small-talk, but he eventually got around to asking whether she'd be going to the dance. He'd meant to ask her to go with him, but he'd struggled to get even this much out. It wasn't enough, though, so he added: "Because I was thinking that maybe if you wanted, well, maybe you could go with me, like together. A date, kind of, or maybe not if that's too serious, you know." He took a deep breath. He had asked. It took every ounce of energy to get it done, but the question was out there, hanging. He waited.

She looked him in the eye, then said, "A date? That's so nice of you to ask, Joey, but I don't know if I can go. You know—Papi, he doesn't like me going out."

He smiled weakly and said, "Oh, that's cool. I mean, if you can't go, you can't go."

Joey had heard about Marlen's dad: a tyrant, an overbearing type, a man who would let his daughter go out where there would be boys only over his dead body, and if not his own, then the boys' who'd dare sniff around his little girl. In a weird way, this sort of made Joey feel better about being rejected. You know, like, it wasn't something about him that made her say no, but most likely for real her monster of a dad. But still, it stunk for her. And for him, too.

"Like I said, thanks for asking." A split second later, she said, "You know what? Forget what Papi says—sure, I'll go with you."

"That's great," said Joey. He stretched out his hand to her, which she took, and he shook. Her hand was so soft, and his was so sweaty, but he wasn't about to let go just yet. Let the moment linger, you know?

"Okay," she said, taking back her hand and turning to leave. "Oh." She spun to face him, walked back up to him, so close he smelled her shampoo—peaches—and whispered in his ear: "If you don't mind, let's keep this quiet for the mean time. Walls have ears. I'd hate for Papi to find out from somebody we're going on a date. Then what would happen? As a matter of fact, let's not tell a soul about this. You'll do that for me, won't you?" She put a soft fingertip to his lips.

Joey would most certainly keep this secret. If it meant protecting her from her father's wrath, he'd face the gates of hell. Well, that was a bit much, but he had a date for the dance, and he couldn't wait for Friday night to roll around so that the whole school would know he'd done it, finally!

Later that day, though, he overheard some girls in the hallway say his name and hers, then they laughed. He hid behind a group of football players and eavesdropped. He made out that she'd said to so-and-so that if she wanted to go to the dance, it may as well be with him. She'd make do, she'd said, and better to be seen than not. But that if another better prospect turned up, she'd dump poor, little Joey in a flash. He dropped six levels of clouds just like that. But it was possible he'd heard wrong. The girls could've been talking about another Marlen and another Joey. Or they just could've been jealous that they'd not been asked to the dance and were being the wenches he knew them to be. That was it. After all, she was the one to want to keep their date a secret, so it didn't make sense that she'd spilled the beans herself.

"Ten o'clock, then?" Joey asked again.

His mom didn't answer. She looked worried. So Joey said, "Okay?" again, this time through clenched teeth. He wished his mom would treat him like the young man she constantly reminded him he's turning into, not like a child, and worse, doing it in front of his best friend, Juan.

"Ten it is." She reached over to fix Joey's collar.

"Mom!" he said, hoping Juan hadn't seen it. Fat chance of that happening. He could hear Juan giggling.

Another car pulled up to the curb behind them. Was it Marlen? He checked the side mirror, and he saw two girls stepping out, neither of whom was Marlen. The girls walked up to the gym door, knocked, and it opened slightly. One of the math teachers, Mr. Flores, stuck out his head and said something to the girls. They nodded and waved their parents off.

"See?" Joey pointed at the gym as the girls joined a group of friends standing by a trash can. "We have to wait outside because they're probably still getting everything ready inside. I mean, this is a graduation dance." This was like their prom, only not so fancy. Still, he'd dressed up in his best shirt and shined his shoes.

"Okay," she said. "But be out here at ten. I don't want to worry. I'll come in and get you, if you're not ready to go." That wouldn't be good for Joey. How embarrassing would that be if Marlen and he were dancing a slow piece and there tapping on his shoulder was his mom. He'd keep an eye out for her starting at 9:30, just to be on the safe side.

Joey smiled at his mom and opened the passenger side door. "I promise. Stick a needle in my eye, and all that jazz."

Out on the lawn, more students were gathering. Mostly it was groups made up of equal numbers of boys and girls, which most likely meant they were on dates, too. Soon he'd be on a date of his own. Still, something in his belly kept him from being all happy-happy-joy-joy over it.

Joey looked around to see if he could spot Marlen. He pushed any negative thoughts out of his head and tried thinking good thoughts instead. *What are these chumps gonna think when she and I walk in together?* he wondered. She was nowhere to be seen, but still, Joey scanned the growing crowd. She wasn't there that he could see.

These last couple of days he'd paid careful attention in the hallways, to try and hear what he could hear. He must've imagined it the other day, anxious like he was to finally go out with Marlen. His lips were sealed.

Juan said, "Listen, man, when I get in here, I may have to throw you to the lions, if you know what I mean. I'm supposed to meet a girl. I didn't tell you because it's no big deal. Just a friend, but you never know."

"Gotcha," Joey said. He couldn't stand it any longer. What could it hurt if he told one soul, his best friend? "Here I was thinking I was gonna have to dump you, but you've beat me to the punch."

"What do you mean you were gonna dump me? Who for?"

Joey smiled big.

"No way! I don't believe it. You telling me you got a date with Marlen?"

"Yup," Joey answered. "So, it seems like we're both set up good."

"Whatever! Wait a second, man. Did you only today ask her to the dance?"

"Nope," Joey said, still smiling his dopey smile. "I've known about a week."

"A week? Why didn't you tell me about it? I thought we were best buds."

"It's not like that, dude. She just wanted to keep it under the radar. Said she didn't want her dad to find us out, so to keep it to myself. But here's what good a friend I think you are. I'm going behind her back and telling you now."

"Let me get this straight—you've got a date with Marlen, the love of your life, and you're waiting out here with me. Why?"

"That was part of the deal. She said she'd be coming without her dad's permission, and so to keep it secret, we shouldn't even walk in together."

"I get it," said Juan. "It's all clear to me. You're using me. That's cool."

"No, man, it's not like that. I'm just, you know, kind of—well, I've never gone to a dance with a girl, so I've got no idea how—"

"Joey, dude, I got it. Say no more. I said it was cool. I got your back. Oh, check it out," he said and pointed toward the gym doors.

Mr. Flores had pushed the doors open finally and was calling for the students to have their cash ready by the time they got to him: "Seven dollars per person, or ten dollars per couple to come in and boogie all night long. No checks, no credit cards; just cash money." He yelled like he was selling newspapers on the street corner.

Joey heard one of the cheerleaders say, "Who says 'boogie' anymore?" Her date answered, picking at his nose, "Yeah, and what's 'boogie' mean, anyway?"

People around them laughed. Joey didn't. He was holding back a little, waiting to see if Marlen was in the car that was just pulling up to the curb. No such luck.

Juan shoved Joey forward, and then said, loud enough for Mr. Flores to hear, "Hey, Sir, what if Joey and I go in together? Would we pay only ten bucks?"

"Only if you two are a couple and dance at least one slow song," answered Mr. Flores. That made people close by laugh.

"I'll pay to see that myself," said one of the football players. "I knew you two were more than friends." He giggled his stupid giggle, and repeated himself to his date and his football buddies, who snorted laughter. If Joey had been on his game, he would've said, "Whatever, jockstrap. We don't go around patting each other on the butts like you boys do." Except he was off his game. That's how miserable he was at not seeing Marlen yet. And soon enough he'd be inside, and they'd all know he wasn't here with Juan but with Marlen, the finest girl in all of Nellie Schunior Middle School. So it didn't really matter what jockstrap had just said.

Then jockstrap added, "Hey, are you two taking a couples picture? That'd be funny. Wouldn't it be?" he said to his pals.

"Yeah, hilarious," said Juan. "Take it on the road, why don't you?" Juan forked over his seven, then Joey handed his seven to Mr. Flores. "What a jerk, that guy," Juan said to Joey. "Don't you think?"

In truth, Joey couldn't care less about the others poking fun like they were. He was all head over heels for Marlen, but there'd been no sight of her yet and he was beginning to lose hope. Maybe she'd stood up to her dad, and he'd not let her come? He didn't even want to imagine what her dad could've done if he'd gotten really mad at her.

Walking in, Joey noticed Juan nodding thoughtfully. "What's up?"

"Well, bro, it makes sense to me now. I hadn't put two and two together until just now, about a rumor I heard about your girl. Now, though, knowing what I know, it makes all the sense in the world."

"What does? What rumor?"

Before he got an answer from Juan, Joey looked across the gym floor, and who was that he spotted sitting by herself halfway up on the bleachers but Marlen? *How'd she get past me?* he wondered. He stopped dead and Juan had to pull up short or run into him.

"What's wrong with you?" Juan asked.

Joey was staring intently across an ocean of basketball court. "Nothing. I mean . . . " He looked in the general vicinity of where Marlen was sitting.

"Get a load of that, man. You worried over nothing. The rumor must've been true, then?"

"Wow," said Joey, "I can't believe Marlen's dad let her come to the dance. He never lets her out of that house. Or, she snuck out like she said she would. Wait, that's the second time you've said something about a rumor. What's it about?" asked Joey.

"Oh, I'll tell you later. But will you look at her? Your lady's looking real fine tonight," said Juan. "Just check her out with her hair all nice and her face made up. That's fine with a capital H-O-T!"

"Hey, man, you don't have to talk about her like that."

"I can't help it, Joey, just look at her. If you weren't my best friend, and if you weren't all goofy over her, well, I'd be calling dibs on her. She's hot, I tell you!"

"And I'm telling you, Juan, don't talk about her like that no more. She's a good girl."

"I get it. Say no more. You're really all into her, aren't you? Dare I call it love?"

Joey glared at Juan.

"Sure, man, sure. That's cool. All you had to do was tell me you've got your heart set on her for real. I got you—she's not just a passing fad." Juan slapped Joey on the back. "Hey, I'm gonna get a soda. You want one?"

"No, that's okay. Thanks," said Joey. "Hey, about the rumor?"

"Never mind about that. She's here, and you're here. Listen, I'm gonna scope out the scene, see what

I can see. I'll meet up with you two in a few, that is, if I don't find my own date first. And, so people will stop bugging me about us dancing tonight, get that girl on the floor pronto. They see you on the floor with her, they'll eat their words." Juan left, strutting down the floor toward the concession stand.

Joey, hidden in the shadows of the nearside bleachers, wondered if he could be as smooth as his best friend. He decided cool wasn't possible for him; he couldn't just stroll up to this fine-fine girl, no matter they were here together, and strike up a conversation off the cuff, so he took a seat on the bleachers opposite Marlen. She hadn't spotted him yet. In spite of her being his date tonight, he still had to talk himself into asking Marlen for one dance. The music had started up and couples slowly but surely made their way onto the floor. The lights were low, with the occasional strobe going off and shining bright in people's eyes.

Joey stood, started walking across the gym, then spun back to his seat because he felt he still needed to work out his approach. What could he say? "Hey, Marlen, you look like an angel tonight. God must be missing you." Yeah, that sounded debonair. Then he'd pop the question: "So, you want to dance?" he actually whispered. *No, that won't work*, he thought. *Too slick. That's something Juan can get away with saying, not me.* "What about, 'Marlen, I look into your eyes and I'm on cloud nine. Would you like to dance?'" *Better, but no go. I'll just stumble over the words and make a fool of myself. Keep it simple. I'll just go up to her and ask her outright. It's got to be that easy:*

"Marlen, it would be my honor if you would dance with me." *Perfect. To the point. Direct.* Just like he'd learned in his public speaking class. He'd stand on the balls of his feet, bend his knees slightly. Showing confidence even though his stomach would be all a-jitter.

He started to get up, then he saw Juan walking back with a girl, Noelia, who was laughing and showing all her braces, so Joey decided to postpone his walk across the court.

"Joey, you still here? What's up with that? You should be over there getting it started, if you know what I mean. But since you're here, you interested in the rumor about Marlen, still? I'd heard some stuff earlier in the day like I said, but nothing specific. Noelia here has the real scoop, don't you?"

Noelia nodded and took a sip from Juan's drink.

"So what is it? Are you going to tell me, or are you going to drown in that Coke?" Joey asked.

"Go ahead, tell him, Noelia."

"Well, first, Joey, no one likes a sarcastic punk," she said. "Two, here's the skinny on Marlen: I heard at school today from a friend of hers—you know Carmen, right?—well, Carmen said that Marlen had told her parents last night that if they didn't give her permission to come to the dance, that she would run away from home and come to the dance anyway. Her dad slapped her and said he was not going to allow any daughter of his to go to a dance at her age. That she was not going to turn into one of *those* women. That she would not shame him wearing a fancy dress, wearing make-up like a loose woman, then dance with all of those boys with grubby hands and dirty minds. She looked at her dad without flinching and said, 'If that's what you think of me, Papi, then I feel I can do nothing to change your opinion. So I *will* go to the dance, and you can think of me what you will.' He was about to slap her again, but her mother fainted, and her dad had to take care of her. When everyone had gone to bed that night, Marlen snuck out of the house and stayed with Carmen."

"Isn't that the coolest thing you've ever heard? And you said she was a good girl. She's a hottie, I'm telling you. With a spirit like that, you might want to rethink this whole being in love with her business. She just might take charge of you and treat you like a rag doll. And *you're* here with *her*, man. Cool."

"Oh, you're her date? Sorry, then," said Noelia.

"Sorry why? She's hot, he's got the goods. A regular Cassanova if he'd only let loose a bit. What's to be sorry for?"

Noelia shook her head. "Shut up a second, Juan. This is serious."

"I don't know if I should tell you, Joey, but, well . . . "

"Spit it out, girl. I want to dance," said Juan.

She rolled her eyes at him.

Joey said, "What is it, Noelia? What else did you hear? Is she okay?"

"Depends on how you define okay." She thought a moment, then said, "This I heard directly from Marlen. What I'm gonna tell you's gonna hurt, but better you hear it now than next week. She was in homeroom yesterday and told her stupid friends that no one better had asked her to the dance, so she was stuck with, I guess, you. Only she didn't mention you by name. Instead, she called you 'that wimp, pimply-faced *pobrecito*.' Sorry to be the one to tell you all this. When I was buying some nachos just now, I heard this guy asking for her. I don't think he's a student here, though. I don't think he's even from La Joya. I haven't seen him around anyway. Maybe he's somebody's cousin or something, and he was dressed old school like my dad in pictures of him back in high school, but this guy looked real fine in a black, double-breasted suit, and the shiniest Stacy Adams I've ever seen, a silver chain hanging from waist to cuff and back, and the smoothest fedora. What my dad would call old school solid."

Juan put his hand on Joey's shoulder and said, "Wow, dude. That's heavy. What a witch. But maybe Noelia heard wrong. Right, Noelia?"

"Maybe, but I'm pretty sure I heard what I heard."

"Yeah, but you might have heard wrong, right?"

Noelia nodded half-heartedly. "Sure, whatever. Are we dancing or what?"

"We will, but in a sec. Listen man, you've gotta think positive. Turn that frown upside-down, Joey. Remember, she's here with you. That's gotta count for something. So you got some competition for her attention? Take advantage of the moment, man. You need to get to work right now, or else this guy's going to take her away from you. Love ain't easy. You've got to prove to her you're not some skinny punk with a face loaded with about-to-burst pimples, man. And she's one flower ready to be plucked, if you know what I mean. He, he, he. So, get to work."

"Shut up, man. Was he really that cool-looking, Noelia?"

The girl nodded, pulling Juan by the arm. "Sizzling! Sorry. But, really and truly, my eyes literally burned when I looked at him. I had to turn away. Come on, Juan, you said you'd dance with me if I came and told Joey what I'd heard and seen." They walked out to the dance floor and wrapped their arms around one another and slow danced.

Joey stood and began his walk across the floor for the fourth or fifth time. He was dead set on getting this thing done. He was going to take action. After all, he did like this girl very much. Plus, Juan was right: *She's here with me, and no out-of-towner's gonna come here and take away what's mine.* Halfway across the floor, though, he stopped cold, as if on a dime. Over by the doors, there was this guy dressed to the tees. Sharp in his blood red zoot suit.

Noelia had not been lying about how suave this stranger looked. The guy made his way across the floor. Joey didn't recognize this stranger, either. He was ten feet away from her, and Marlen was looking right at him. Then he was right on her, and she was shaking her head no but smiling yes at this outsider. The guy held out his hand, smiled at her and insisted she dance with him. She was coy. She shook her head no again, but this time she took his hand, anyway. When she stood to walk down the bleachers with this stranger, her long hair bounced. She ran her free hand through her hair, flipping it over onto her left shoulder. Joey stood by and watched as Marlen glided to the middle of the dance floor, and he wrapped his arms around her waist.

Poor Joey. He lowered his head and started back to his spot on the bleachers. Ten o'clock was so far away. Juan grabbed him by the arm as he danced past him: "Man, oh, man, he beat you to her. Maybe you can get the next dance. She's here with you, right? But you gotta be ready. Don't start getting soft now."

"I'm all right, man. Don't worry about me," said Joey. Then he sat and looked at the girl he was in love with since the fourth grade, dancing with a stranger—and he was very good at dancing from what Joey could tell. The lights were dim, so maybe the stranger wasn't that good, really. As if he knew what was in Joey's heart, the stranger turned to look at him and smiled an evil smile. His lips disappeared, and he showed his pointy teeth. *Am I seeing things?* wondered Joey. He rubbed away his heartache, shook the cobwebs from his head and wiped away what he thought may have been tears from his eyes. He looked again and the stranger was no longer smiling at him. *Right—I must have been just imagining it*, he thought. *I'm such a fool for this girl I'm seeing stuff that isn't there.* He forced himself not to look at her. He stared at the floor under him, between his shoes. His eyes felt like they were burning. Itching. With his head down, he let a few tears run, which eased the burning.

Had he been watching her instead, though, he would have noticed that the stranger began spinning round and round, faster and faster. So fast, in fact, that his shoes came off his feet. Had Joey been looking out for her, he would have seen what she saw upon looking down as she tried to let go of this stranger. His feet were no human feet at all. One of them, the right one, was a goat's hoof, the other, the left, was that of a rooster. She tried to scream, but his hand quickly covered her mouth. She looked into his eyes and noticed that they were nothing but flames. She tried flailing her arms for him to let go. She succeeded only in tipping his hat back on his head. That's when she saw two horns sticking out of his forehead. The hat had been covering them all along. But Joey saw none of this. If only he had been watching Marlen.

The others on the dance floor did notice that something was happening but thought it was a magnificent spectacle, so they formed a circle around these two hot dancers. They saw the girl's dress twirl, her arms swinging about in some wild magic, and the stranger smiling, caressing her face. Soon enough, the stranger's feet, if we can call them that, struck up sparks, and just as quickly, flames arose from the floor. There was soon a tower of fire engulfing the couple. All of the others scattered, not realizing what was going on, not caring for one instant that one of their classmates was being consumed by this fire.

As quickly as the flames had appeared, they disappeared. Nothing was left but smoke and the shape of a circle scorched into the floor. There was smoke rising in a pillar to the ceiling, and the smell of sulfur. "Yes, sulfur," Jockstrap later said to the investigating police officers at the scene. "It smelled of sulfur, and Marlen and the stranger were gone." He was crying, visibly shaken.

Joey told the officers he'd seen nothing.

Had he been paying more attention to the girl of his dreams, perhaps he could have saved her. Perhaps his pure love for Marlen could have been enough to defeat the stranger's evil. But Joey hadn't paid attention, and now she was gone.

God's Will Be Done

"If God wills it," said María.

"Yes," answered Julia. "If God so wills it, I'll go to the dance next week, too." The dance was the first one of the year, one of four dances to be held in Peñitas de Abajo. The town officials had hired a professional band from San Antonio, and the townspeople were excited. People would be coming in from all around: Palmview, Abram, El Ojo de Agua, Tierra Blanca, La Joya. Some from as far away as Sullivan City.

María and Julia had gone to last year's dances because they had finally turned old enough. But Cecilia did not attend them, could not, as a matter of fact, because she had been too young. This year, though, she had come of age. She had celebrated her quinceañera just last month. So now that she was fifteen, she would expect to go, and to her parents' dismay, there'd be boys there. With their permission, she'd be allowed to the dances, but they'd be keeping a careful eye on her.

What her parents didn't know was that she already had her eyes on a boy from Mission, whom she had met on a visit with her Tía Marta. Her mother and aunt had gone into a store to look for materials for Cecilia's quince dress, something Cecilia was tired of doing. So much taffeta, so much silk. She had told her parents that she did not even want a fifteenth birthday celebration at all. "Don't be silly, *mija*," they said. "Every girl wants a quinceañera." But she would not help anymore than she had to. She fought her parents at every step.

When her mother and Tía Marta were gone out of sight, a boy introduced himself to Cecilia on the sidewalk in front of the Border Theater. "I'm Ernesto, and you are the breath that sustains me." He won Cecilia over in just one sentence. She looked into his eyes and saw their future together. There was no question—this was going to be her husband. She was a little nervous, so the upcoming birthday celebration absolutely slipped her mind; however, she did tell him about the first big dance in Peñitas de Abajo coming up soon. "I'll go to the dance to see you," he told her. "We'll dance the night away." Oh, how she looked forward to seeing him again and dancing with him. She gave him all the details in quick whispers, occasionally looking over her shoulder. He jotted it all down on his cell phone.

When he turned to leave, he nearly bumped into her mother, who scowled at him, took Cecilia under her wing of pink satin material she had just purchased, and hissed at him.

"That boy is not the one for you," she told her daughter on their way home. "I saw how you were looking at him and he at you, but trust me, *mija*, there is more to love than starry-eyed love." She glared at Cecilia, who was staring at the bundle of material. "I will not allow it. Try to recall what the priest said last week in church: that children should honor their parents. That means that you should obey me, obey us, and trust that we know what is best for you. It's one of the commandments."

That was two months ago. Today, Cecilia was looking out her bedroom window, dreaming. Her cousins, visiting from Mission, were rifling through her box of jewelry.

"I heard at school that Ernesto's going to be at the dance," said Julia.

Cecilia perked up, just ever so slightly. She had told her cousins about her dreams. Had told them that if she had to, she would marry Ernesto against her parents' wishes. They had gasped at her audacity, but hoped that she would go through with it so that more doors would be opened to them as a result of her actions. "At least what I did is not as bad as what Cecilia did," they'd say to their own parents, when the older folks refused to let them do something. "Yes," they'd agree. "At least it's not as horrible as what that ungrateful girl has done to her poor, poor parents. She should be ashamed of herself." And then the girls from Mission would be allowed to go places and to do things girls had not been allowed to visit or do before.

"I want to dance with him all night," she told them.

"But you know your parents won't allow it," warned María.

"But *I* will," answered Cecilia.

Julia crossed herself so as not to be punished by God, and María said, "Only if God allows it."

Cecilia stood and twirled around, her brows raised, eyes burning a hole through María's forehead. "And I say I'll go to the dance and spend the entire night with Ernesto, whether God likes it or not."

The two cousins looked at one another and excused themselves immediately, saying that they had to get back home for supper, even though supper for them would not be ready for another hour. On the drive home, one said to the other, "Can you believe that girl?! How sacrilegious can she be?!"

Wanting to avoid God's punishment for simply being seen with Cecilia, Julia and María didn't visit her the rest of the week before the dance. After all, God was God, sacrilege was a mortal sin, and a cousin was only a cousin blood or no blood.

As for Cecilia, their absence didn't bother her one bit. She couldn't care less what her cousins thought. She also thought cousins were only cousins, and they were a dime a half-dozen. "If they want to be like this," she spoke to herself, smiling back at her reflection in the mirror, "then I can't do anything to change their simple ways of thinking. I have to look out for myself. No one else matters." She stood and started walking to her bed, turned back to the mirror and corrected herself: "No one that is, except for Ernesto. Ernesto and me." Both of her selves smiled.

The day of the dance finally arrived. At the dance hall (which also served as City Hall and as the town's emergency shelter in case of hurricanes) a monstrous banner announced the night's event toting it as "The Dance of this Century!!!" Yellow and purple streamers of crepe paper flitted in the wind. With a few hours yet for the doors to open, everyone was out and about getting ready for the evening event.

The men of the town formed a line outside Ramiro's Barbershop for a cut and a shave. When it was Mr. Murillo's turn at the chair, he also asked for a shampoo. The other men turned their heads slightly in his direction to make sure they'd heard right, because that was supposed to be a thing for women, and this was a barbershop, not a beauty salon. Those closest to the door who heard the man's request passed it on down the line, which now reached the Circle 7 store. By the time the last men in line heard the whisper, it had changed to "Mr. Murillo was turned away at the beauty salon where he had asked to be made up in rouge and mascara for the dance, and when he was asked to leave, he cried. Now Ramiro's giving him a lavender shampoo because it supposedly has a calming effect and nourishes the roots of the hair, which in turn keeps a man from going bald."

"Well," said the last man in line, "if it'll keep these last few hairs on my head, I also want to get a shampoo." This information made its way back to the front of the line, and the man after Mr. Murillo, when it was his turn to take the chair, said, "Ramiro, I hope you have enough shampoo for every one of us. There've been studies done that show that men become smarter with shampooing."

The women visited Señorita Teresita's Fine Materials, where the women dove elbows-deep into silks and velvets of all colors. Señorita Teresita had studied fashion in Paris and had been considered a hussy when she first returned, because she had left home against her parents' wishes. In a last ditch effort to keep her from going, her father had said, "You know, mija, when you come back, no man will want you for a wife." She'd already bought her plane ticket and was determined to make something of herself independent of her family and a husband.

The women had stayed away from her store when she'd first come back, but she advertised her "wares" on television, so as soon as the women took notice of the many exotic materials she had returned with from Europe, the women became her most ardent defenders. They had fallen instantly in love with these strange cloths, and so Señorita Teresita became the town's first businesswoman, and eventually she would bring in more money than even Don Reginaldo, the baker. Today, the women were looking for sashes and wraps that would accent their evening attire. Their choice materials, they would use to cover their bare and powdered shoulders.

All this activity Cecilia was not privy to, but she didn't care. Tonight she would be meeting Ernesto, the man of her dreams, whom she would marry and live with happily ever after. Today, she would be bathing in a tub full of rose petals, rubbing her knees and elbows with aloe and massaging coconut oil on her shoulders, thighs, legs and stomach.

She had already chosen her outfit on another of her trips to Mission. It was a kelly green, velvet, knee-length dress with sheer sleeves. She would also be wearing her great-grandmother's emeralds.

Some ten minutes before the dance was slated to begin, Cecilia heard her cousins calling from outside. She went to the door, stepped out and all of them studied each others' outfits. Each was satisfied with her own looks for the night, not becoming jealous of the other. All three of them were beautiful young women, and all had bathed that day in some sort of fancy water and rubbed all kinds of mysterious and sweet-smelling oils on their bodies, magic potions that would attract all the young men.

"Let's go," they said. "Let's walk instead of drive. This way it'll take us twenty minutes to get there so we won't be the first ones there and look all desperate."

Even though she was ready, and had been for the last thirty minutes, Cecilia said, "I haven't finished getting dressed. I don't want you to have to wait for me and miss out on the first dance. I'll be another twenty-five minutes at least. So, please, you two go on. I'll meet you there."

Not only was she sacrilegious, but vain, they thought. *She's ready to go and still wants to be late so that she can make a grand entrance.* But, they reasoned, she had just turned fifteen and this would be her first dance; being fashionably late was her right, after all. However, they would not let her get away with this the next time. "Okay," they called back from just outside the gate. "We'll see you there, then."

Another twenty minutes passed, and Cecilia was becoming more and more anxious.

Her parents had left for the hall earlier to carry a cauldron of pinto beans. Cecilia was alone in the house and couldn't keep still, but didn't want to over-exert herself so as not to perspire and ruin her make-up and powder. She fidgeted instead, hopping from foot to foot, twiddling her thumbs and stretching her neck toward the opened window, straining her ear to listen for the music.

When she couldn't stand it any longer, she told herself in the mirror, "It's time for me to go." As she stepped out into the world beyond her gate, she breathed in all of the evening air with its fireflies and citrus from a nearby orchard. She imagined her first and eternal dance with her Ernesto.

In order to get to the hall, she had to take a path through the woods, which would wind back and forth, up and over dead tree trunks, and under Spanish moss hanging to the ground practically.

Well into the woods, she stopped cold. Right in front of her, and blocking the path, stood a big black bull with horns that seemed to pierce the sky. It had a ring in its nose through which it snorted. It turned to look at her.

Afraid for her life, Cecilia turned to run back home. Soon after, she slowed down to a walk, keeping a careful eye on the path behind, making certain that the bull was not following her. When she decided it wasn't coming after her, she chose an alternate path to town. It was a scarier and darker one, but one that a bull would have a hard time getting to because of the thick huisache bushes.

Now she had to hold back prickly branches and detour around patches and patches of cactus plants eager to sacrifice their needles to annoy any member of the human race. That was okay because she would soon be making her entrance and then Ernesto would . . .

Cecilia couldn't believe her eyes. Again, directly in front of her strolled the bull. *How could it have gotten here faster than me?* she asked herself. It just didn't make sense to her.

She saw a clear path to her left, what she knew to be a short cut back to the other pathway, and she ran for it, leaving behind the bull, its nose-ring, its snort and its horns. She zigzagged around cactus patches, letting a few branches from the huisache slap at her arms, lightly scratching her cheeks. When she reached her original path, there again was the bull.

Dumbstruck and frightened, she ran back home. She locked herself in her room and stared out the window to find out if the bull had chased her. She argued, "I'll give myself thirty minutes. By then the bull will have left. Then I'll go to the dance." Every two minutes she looked out the window because she had a clear view of the front gate and the path she would have to take later. When the half hour had come and gone, she stepped out the front door, and the bull appeared as if out of thin air at the gate, blocking any chance of her leaving through it. She ran to the back, hoping to use the back gate to leave, but as soon as she stepped onto the back porch, there stood the same black bull blocking that exit, too.

She ran inside her house and jumped onto her bed, face down and began to cry. Not too long after that, she fell asleep. She was devastated. She'd miss the dance, and she'd miss holding and being held by her Ernesto.

When her parents got home at midnight, they looked in on her and would have woken her up to find out what had kept her from the dance, but she had such a serene look on her face that they didn't wake her. They had heard rumors that an insufferable boy would be there ready to talk to Cecilia's father about dating his daughter.

The following morning, Julia and María knocked on her bedroom door. Seconds later, Cecilia peered out from behind it, still in her gown and jewels. The dress, though, had become horribly and irreparably wrinkled overnight. She let them in cautiously, look-

ing out of the room after they'd entered. Then she tip-
toed to the window, peeked out and sat on the bed
only after she'd made certain that there was no bull
outside.

"Is anything the matter?" asked María.

"No, why do you ask?" answered Cecilia, again
craning her neck toward the window, then looking
back at her cousins immediately. "Nothing's wrong."

"Well, why didn't you go to the dance?" asked
Julia.

"The dance? Why didn't I go?"

"Yes. Ernesto waited for you all night. When the
final song was announced, he held his chest as if he
were heart broken and left running," said María.

"It was such a sad scene," added Julia.

"So, why didn't you go?"

After several minutes of prodding her for an
answer and getting none, the girls said they would
visit with her later in the week. Before walking out
into the hall, María turned around and said, "Oh, by
the way, Cecilia, the mayor announced that the next
dance will be held next month. I hope you'll show up
to that one."

Cecilia looked out the window, and without turning back to her cousins, said, "Yes, I will go, but *only*
if God wills it."

Have I Got a Marble for You

Title holder or not, Toño fudged at last year's Peñi-tas Marble Championship. I'm almost 100% positive. I don't know how, but he cheated. It wasn't anything obvious, like switching shooters partway into the game, or using a steelie for his shooter. But something's amiss and I haven't figured out what. It doesn't make a lick of sense to me how a guy comes in last for three years running and then last year, out of the blue, he turns into a marble wizard.

Sleight of hand or not, I mean to win at the end of the summer. So I'm practicing every chance I get, I'm studying videos of various better-attended marble tournaments around the country and a couple of You Tube postings of some international events. Anything to get a leg up. I mean *anything* short of selling my soul, which might be what Toño did. I wouldn't put it past him. He's been gunning for the title forever. Maybe I'd go that far if the price is right. And what would that be? A magical shooter. I heard about just such a marble. A girl from Sweden paid over 200 bucks for a marble called the Deep Space Vortex, an infinite twisting of an ominous cloud caught inside this tiny orb of glass. She won an international title, and she said it all had to do with her magical mib, this hand-made marble she found online.

That's what I'm looking for. A shooter that will give me a supernatural edge. I'll beat Toño, take back the title of Peñitas Grand Master Marble Champion. I've got to do it this year because next year, at 15, I'll be too old to play. So it's for keeps this go-around.

Since it's summer time, I practice every day, all day long, as long as my folks let me, which is pretty long since I'm training in my backyard. I practice tossing my shooter from the pitch line to the lag line, standing, my knees slightly bent, my arm dangling at my side, then swinging it back and forth three times, then letting my shooter fly through the air, a perfect arc, usually bouncing once before rolling to a stop an inch or two from the goal. I do this every time, and that's with my regular, old shooter. The right marble would get me mere millimeters from the line, if not smack-dab on it. I want *that* marble.

But I don't have two hundred dollars to spend on one.

"If it's the perfect marble you're after," said Miguelón, my trainer and so-so friend from down the street, "I might have a line on one. I heard about this kid over by the Circle 7 store who says he's got exactly what you're looking for."

"Yeah? You seen it yourself?" I ask.

"Nah. It was Toño who told me about the kid. Toño said it's a sight to behold (his words), nicer even than the Vortex, definitely nicer than anything he's got. Said it looks like pure silver, but it's not. It's regulation. Glass. But a beaute, he swears."

"How's he know it ain't metal? That wouldn't do me any good."

"Toño held it, jammed the shooter hard into the tiny cave of his thumb and middle and index fingers. Said it felt like magic in there. But something wasn't right about the boy, he said. Something like an emptiness in his eyes. In his voice something dry. Not a raspy, I'm thirsty kind of dry; more like the crackling of a shriveled leaf. That Toño, right: one championship under his belt and he thinks he's Muhammad Ali getting all poetic that way. Whatever! Anyway, the boy said Toño could have it for free, and plenty more of them. All he had to do was to follow the boy to the motel where his mother was waiting for them. He said the kid said, 'Come on, Toño, you've got to go with me. You've just got to.' Crazy kind of talk, Toño thought, for several reasons, the most important being, how'd the kid know his name when he'd never told it to him. So Toño dropped the marble at the boy's feet and ran, hard."

I can't believe it. What an opportunity that had knocked on Toño's door, and he didn't answer. He blew it. What a fool! I won't make the same mistake. I turn to Miguelón, and nonchalantly ask, "So this kid, this boy with the marble, you said he was hanging out at the store?"

"Yeah, at Circle 7. Wait—what are you thinking of doing?" He grabs me by the shoulders. "No. It's not gonna happen, Felipe. When Toño was telling me his story, I saw in his eyes he was scared. He wasn't joking. This kid put the fear of God in him. Tell me you're not gonna go looking for him." When I don't answer, he says, "Felipe, tell me you won't do anything stupid."

That I can tell him, I can even promise him I won't. But I'm already making plans to go looking for the boy. For this silver marble that could be the answer to all my problems. Anyway, what's more foolish than to let this break pass me by? With this magical orb, I'll win Peñitas. Next the Nationals. And the World's after that, why not? Besides, the way I see it, I'm gonna take just the one marble. The miraculous one that will earn me hundreds, if not thousands when I win it all. And I'm too smart to go with a stranger anywhere, whether he's a harmless looking kid or not. I'll be satisfied with just the one.

I smile. "Sure, Miguelón. I'm not going to do anything stupid. Just the opposite, trust me."

The transaction goes smoothly. I need a special marble, he has it, and he hands it over, and he doesn't ask for anything in return except to say that there's plenty more where that one came from, better marbles. "If this one doesn't last you, Mother's got this gold one, a sphere that transforms into an eye when you hold it up to the sunlight just so. Mother says that the eye will see for you in the ring. It'll know where to go to get the job done. All you've got to do is come with me right now. Mother will be more than happy to let you have it. It's sure to do the trick for you."

Sure, the kid's spooky with his bulging black eyes and pale skin and wiry hair. But when I tell him never mind about what all else he was offering, he basically drops the subject: "Just so you know, it's there if you need it." He points in the direction of the motel to this side of the irrigation canal.

Tempting as it is, I'm not stupid. Who is this kid, anyhow? I don't know him from Adam in the Garden of Eden. So I pocket the silver and walk up the alleyway behind the store quickly, not looking back once. I got what I came for, and head for my backyard to put in some practice.

The tournament's a week away. If this shooter's going to do it for me, I've got to get a feel for her, know how she behaves under pressure.

In the backyard, I don't treat TCB softly, that's what I decide to call her: TCB (Taking Care of Business) I flick her hard at the other marbles. I mean, I chuck her hard at my glasses, at my clays, and just to be sure, at my steelies. Each time I take up my new shooter, I inspect her for the tiniest of flea bites, pinprick-sized chips. But no going. It stands solid against the harshest of treatment. It's a winner. My winner!

To top it off, when I fling the shooter with my special brand of English, I'm able to knock out the intended marble and, on the bounce back, push another one or two out of the ring. Plus, every single time, my TCB comes to rest in the middle of the circle. Pure magic! I'm a shoo-in. Toño won't know what hit him.

The following week, the three-day tournament gets underway. It's the greatest turn out so far. Players come from all around: from here in Peñitas de Arriba, from Peñitas de Abajo, from Tierra Blanca, from Tom Gill, even one kid from Ojo de Agua. That means a lot of marbles we're playing for. Each mibster antes up 100 choice marbles that will be added to the pot as one after another is knocked out. The rules are simple: two players go head-to-head, for keeps, last man standing takes all.

The first day of competition comes and goes easy for me. I win both my games. The second day is going smoothly, too. I'm playing my last match of the afternoon. I knuckle-down with my shooter, take aim, flick the magic and knock the final of my opponent's marbles out of the ring, but then I notice the nick in my silver. Bigger than a flea-bite, but still small. *Maybe*, I think, *it'll do the job for me, still. I've got only a couple matches to go before the finals. If only I can make it last.* I finger it all the way home. When I get to my backyard, I toe the pitch line, fling the marble toward the lag and it comes to rest way off its mark, a foot away, no matter what I try. And when I shoot it at another marble, either I miss outright, or when I hit it, my poor TCB practically bounces back from even the most common of my commies. Worse yet, the nick becomes a hairline crack, and stupid me, I push her too hard: she breaks in half. My magic marble is done for. Out of commission. Tomorrow I'm sure to face Toño first thing, and here I am empty-handed. Nooooo! I want to scream. Tears are welling up in my eyes. *What will I do?* I wonder. And I've got no answer. I trudge to my room all down in the mouth. My last year in, and I'm going to lose. I've come this far, so near victory I can touch it, only to lose on a fluke. And Toño's dealing some fierce magic out there, a sure winner. My old shooter's not gonna cut it. Then it hits me, first thing tomorrow morning, before the shooting gets going, I'll go looking for that kid.

A couple of times today I saw him hanging around the tournament, always at the edges of the crowd but perking up and pushing his way closer when it was TCB's and my turn up. It's then I remember that he'd said his mother has another and better marble, and that's what I need. Right then I decide if he says this way to the Goldie, I'm gonna follow him. What's the worst that can happen, right? He's a skinny kid; I can take him, and his mom can't be that strong. I mean, she's a girl, right? A bit more at ease, I begin dozing off.

But before I'm out for the night, I'm startled awake by a howling outside and a rattling of the window. Like someone outside crying at the top of his lungs and trying to force his way inside. At first, I'm too scared to get out of bed and see for myself it's nothing but a surprise norther making the window bang like that. I consider calling out for Dad, but that would mean that I still rely on the old man for every little thing, including scaring away the wind monsters, which, *by the way*, I tell myself, *don't exist. It had to have been the wind.* So I tip-toe to the window and check that it's locked tight. It is. I even take a quick look out into the dark and am relieved when I don't see anything, or anyone among the shadows. "The wind," I whisper. "It had to have been the wind."

Just then, the wind shrieks again, a long and miserable wail this time. I spin toward my bed and I'm about to jump onto it and under the safety of my quilt, when I stop cold where I stand. As I'd been spinning, out of the corner of my eye, I caught sight of a figure at the window, the boy, maybe, holding up the gold marble. I swing back around to check it out, but when I'm full-on facing the window, the boy isn't there and my heart is beating hard in my chest. *All in my head,* I try telling myself. Still, I'm scared witless, so I leap at my bed and in one move, I dive under my quilt and cover my whole self under it. I hardly sleep a wink.

So the following day, early, my lids heavy from lack of sleep, I head directly for the store. When I get there, I don't see the boy anywhere. I step inside and ask Nena behind the register if she's seen the kid who's been hanging out by the phone with the wild hair and the pale skin.

"Nope. Nobody out this early but folks getting breakfast before work."

I walk outside. I've got to find the kid, and fast. There's only a half hour before the shooting starts, and if I don't show up on time, I forfeit my game. I'm not ready to do that just yet. But as the minutes pass, it dawns on me that my career in marbles is coming to a quick and shameful end. *Stop thinking that way,* I tell myself. *You're going to win. You just have to be patient. He'll show up, I'll get what I need, and that'll be that.*

And, as if by magic, here he comes. Talking fast, I explain my situation to the boy. He smiles, and when I ask, "What's so funny?" he says, "Nothing. I'm just happy because, well, uh, because I can help you out. And maybe you'll be able to help me out too. Isn't that something to smile about?"

He's right, I'm so close now to winning back that championship, nothing's going to stop me. So I smile back, from ear to ear.

The boy says, "First, my name is Porfirio, but call me Fito. Second, I've got just the marble to help you win, the gold one I told you about."

My heart's beating in my throat. I heard him right; he just said he'd give me a gold marble. I'm freaking out because last night when I imagined seeing Fito in the window, he was holding out a gold mib. Scary, but whatever. He's got something I need, and I need it now, or within the next 15 minutes, anyway. "So, hand it over, Fito," I say, looking anxious.

"I don't have it with me. We have to go ask Mother for it. She'll take good care of you. Good thing you found me this morning. I was here to get some tacos to go because Mother and I were about to quit and move on. Cool how things turn out, huh? This might just work out for all of us."

I've got no clue what he's talking about, but I say, "Yeah, cool, whatever, let's go." Time is of the essence.

We reach the old, run-down motel. Inside the room it's dark, the air is heavy. Fito's mom is sitting by a tiny window facing the irrigation canal, her back to us. "Momma," says Fito. "Look who's here. It's Felipe."

At my name, she sighs deeply. Like she knows me. Like I've been gone a long time and here I am, back in her loving arms. Weird!

"Can it be? Can I be this close?" she says to no one in particular. "No more walking around aimlessly, searching, always searching?" Like I say, bizarre. I would've taken off because she's creeping me out, but she has that certain something I want. So if she stands up, dances a jig and hugs all over me planting wet sloppy kisses on my cheeks, well, so be it, so long as I get my Goldie.

She turns to me and smiles, then motions for me to follow her to the small desk in the corner of the room: "Come to me. Have I got a marble for you."

This is it. I'm almost there, I can smell the victory, but I wish she'd hurry. I'm running out of time. The others are probably already gathering, polishing their shooters, chatting nervously. Making predictions. One or two asking, "Has anyone seen Felipe?" Scanning the alleyway, and when they don't spot me here or there, the entire field of marblistas becomes a-twitter with excitement.

"So," I say, "about the marble. Fito said you had another marble like the silver one he gave me the other day, only golden, and better. So . . . "

"So," she says, "this marble, it's going to cost you."

I panic. Fito hadn't said anything about it costing me. I don't have a cent to my name. I look at Fito, who shrugs and disappears into the shadows in a corner of the room. "Cost me? Fito didn't say nothing about paying for it. I don't have any money. But listen, if I can still get the marble, I promise, you give me a week and I'll pay you for it."

"Oh," she says, "you'll pay for it, because it isn't free." Then I think I hear her say, "It'll cost you plenty." She slides open the drawer and holds an open palm out, tempting me with the glittering, sparkly marble.

I don't take it right off. I pause. So she shoves it at me, under my nose practically. Boy, next to the Vortex, this is the most beautiful marble in the world. Then she rolls it slightly on the tips of her fingers, and when the sunlight hits it just so, there's the eye, and I'm freaking out. It's way more beautiful than that girl's Vortex.

"Go on, *mijo*, take it. It's yours, like I said." She grabs me by the wrist, forces my hand open and drops the marble in the palm of my hand. I can feel it burning there and I so want to get to my first match of the day. But she doesn't let go of my wrist. She holds it, and I shiver. Her hands are cold and hot at the same time. I shut my hand tight around the marble and yank myself free.

"How much are you going to want for it?" I ask.

"*Mijo*, you go and win this silly contest of yours. Don't worry about payment right now. Later, Fito will find you. He'll tell you how much you owe. Now go, you don't want to be late."

With that, I wave at Fito and beat it out of there.

I get to the ring just as Miguelón is about to forfeit. When he sees me coming he runs up to me. "Where've you been, man? You almost lost all your marbles." He thinks for a moment, smiles and adds, "Sorry about the pun. But for real, you're cutting it close. So where were you?"

"Don't worry about it."

"You okay? You look all pale, man."

I shrug and show him the marble.

"No way! I held my tongue yesterday. I didn't say anything about the silver mib and where you got it. And to be honest, maybe I didn't because you were winning. But this is too much. You're asking for trouble. That kid's dangerous."

"Whatever. Fito's okay. His mom, on the other hand . . . "

"His mom?" Miguelón screams. "You've seen his mom?"

"Yeah, just now. I came from the old motel. She's weird, man. I don't mind telling you she scared me some, but here I am, the winner in hand and ready to play."

"She gave it to you? Herself?"

"Sure."

"Just like that? No strings?"

"Well, she said I could pay her later."

"Did she say how much?" he asks.

"Nope, just said good luck, basically. She'll send Fito to collect later. So I might have to borrow a few bucks from you."

"From what I hear, if she's who I think she is, you'll owe her more than a few bucks." Miguelón is shaking his head.

"Stop it already," I say. "She's scary enough without you trying to spook me anymore."

"No, man, really. You've got to watch out for her. I told my grandpa about this boy last night. Said he was hanging out at the store, but that none of us knew him from the neighborhood or from school. I told him that he was offering guys magic marbles. Grandpa ordered me to stay clear of him. This boy, poor kid. She's trapped him, so she's half way home."

"You mean that woman's kidnapped him?"

"Worse, dude. She's La Llorona. You know the story: she travels from town to town looking for children to replace her own, who she drowned. God's condemned her to wander the earth looking for two boys. Well, what's his name? Fito? One down, one to go. With them in tow, as proof she never killed her kids, she'll be able to get into heaven. You're her baby boy number two, man. I think you need to lose this marble, then go home right after and lock yourself in. Don't come out for the rest of the summer. Hide, man." And Miguelón turns and runs away without looking back.

Goldie is on fire. I dispense with one mibster after another until I'm facing Toño. When I hold my shooter up to the light, he stares at it hard, and I notice his chin begins to quiver. He says, "Man, Felipe, you don't know what you're messing with, and I don't want any part of it. I'm out." He pockets his shooter, nothing fancy, just a mesh of creamy purples, and he walks away, fast.

A stunned silence falls on the crowd. I'm dumbstruck for a few moments too, but then it hits me: I'm the marble champion of Peñitas. I've taken back the title and so I throw my arms up in the air. "Yeah!" I holler. "I'm the man. Toño just faced that truth and turned tail, ran like a little girl, scared to lose to a real champ."

I collect my winnings, take in as many of the compliments being thrown my way, but can only stand so much. Besides, I want to get back home so as to count my marbles and eat lunch. All this playing's made me one hungry marblista. I want to sit back and take great pleasure in this moment.

All of a sudden I feel a tap at my shoulder. It's Fito, and he wants me to go with him back to the motel. "Mother wants to collect her payment. Come on, man. A deal's a deal."

"Can't she wait? A week at most? Tell me how much she wants for it and I'll go home now, crack open my sister's piggy bank and borrow what else I need," I say, smiling.

But Fito's not smiling. He's on the verge of tears, and he grips me by the wrist so I drop a few marbles.

"Hey, dude," I say, "What's with the rough stuff? Nobody manhandles the marble champ. I said I'll pay when I pay. Tell your momma that, why don't you!" I drop to my knees to pick up the mibs at my feet, and when I stand, I say to Fito, "You still here? Listen, kid, go back to Mommy and tell her for me that if she wants a piece of this to come get it herself; otherwise, pack your bags like you were planning and buzz off. Go!" I spin around and leave. A few seconds later I hear the wind blowing, like I had the night before. It's a wind full of sorrow, but of anger, too. So I hurry home, not once looking back to see if Fito's still there.

That Miguelón and his silly little stories, I think. *La Llorona. And that Toño's sure got an overactive imagination.* But I can't fall asleep. I'm thinking that anytime now Fito's gonna knock at my window and, standing behind him staring at me over his shoulder, is his mother, demanding payment, which I still don't have. The racket she's making will wake up Mom and Dad. That's another hassle I don't need.

Towards midnight I'm finally able to close my eyes and catch a few Zs, too exhausted to think of Fito and his mom. Man, I'd won the championship. That's the last thing I'm thinking as I fall into a deep sleep.

Suddenly, I sit up in bed, startled and sweating. My heart's beating hard against the wall of my chest. I squint into the room's darkness and scan every corner of the room until I can make out shapes that had scared me at first. That hangman's noose becomes my mini-basketball rim, the man sitting in a chair watching me is my Pittsburg Steelers jersey draped over the back of my favorite chair.

I can't figure out what woke me, but I begin to feel more comfortable once I've made out what every shadow is, so I throw myself back on my pillow.

Then I hear a scratch at the window, but I don't turn my head to the window to look. Instead, I turn only my eyeballs, and only through half open slits at that. But I don't see anything.

When I hear the noise again, I jump out of bed and head for the light switch. The noise is rapping now, louder and more regular. I flip on the switch and the light crowds out the darkness. *Once the light is on*, I think, *I'll be safe.*

The room now flooded in light, I turn slowly to the window. My knees buckle at what I see there, and I fall to the floor. At the window is Fito's mom, her hair wild like snakes. She's fuming. Literally, smoke's coming out of her nose, and from my place on the floor I see fire in her eyes. And all I can think as to why I can't move a muscle, is that she's hypnotized me.

Now she places her hands flat on the windowpanes, her breath steaming up the glass in front of her mouth. I can't hear what she's saying, though I can read her lips: "Come to me, my son. Come to me now. I've come to collect."

I try to scream, to get up and run, but I can't. My legs are useless stumps.

As if out of thin air, she makes a marble appear. It's black with the tiniest of speckles, like stars, and it sparkles on the tips of her fingers. "It'll be all yours," she says, "but you have to come with me. Won't you come with me?"

I can't take my eyes off this mib. Imagine the damage I can cause with it if I make it to Nationals. I seem to be disappearing into the darkness of it, and I've already forgotten Goldie and the couple thousand others I'd won only a few hours ago. I want this marble so bad that I drag myself to the window as though in a trance, undo the latch, push it open and reach out for the marble.

Fito's mom jerks it just out of my reach, smiles, and says, "Is this what you want?"

I nod. I just know I'm drooling.

"What are you willing to give to make it yours?" she asks.

I don't even have to think about it. "Whatever you want," I say. And I mean it.

She presses it into my palm. "Then it's yours," she says.

I hold it up close to my face. *How beautiful*, I think. I can't take my eyes off it. I don't even notice when Fito's mom grabs my wrists with cold, hard hands, her fingers like steel. She's not letting go. "I've now found my two boys," she says. Fito appears at the window, but I'm still checking out the black marble, and I hardly notice him half smiling. "Now it's time to go."

She yanks me out of my room so quickly that I drop the marble. I hear it bouncing on the floor, then rolling under my bed. I try to pull away to retrieve the mib, but I can't free myself. The wind sounds like cackling laughter. Fito's mom has wrapped one arm around me, the other around Fito, and we seem to be flying upward. I look down and all I can see are dark rooftops getting farther and farther away. I struggle, but her clutch is solid. I scream, but the screeching laughter drowns me out. We're reaching the clouds now, and Peñitas is nothing but a flea-bit nick on the earth, and it's too late for me. We're beyond the clouds now and the air is getting harder to breathe. I'm about to faint. I look up to Fito's mom, she looks down at me, and she's got the softest smile on her face, tears of joy streaming down her face.

"It's okay, *mijo*. Where we're going, you'll never want for marbles again. I'll make sure of that." She pulls me closer to her chest where it's warm. I close my eyes and fall asleep dreaming of all the marbles in the world, more than I could ever count.

All Choked Up

The thing of it is this: in the middle of the week at three in the morning, the ones who don't need to be in the emergency room, aren't. They're home asleep in their own comfy beds instead of trying to make the best of sitting on the cold and squeaky metal chairs, which are more like torture devices than chairs.

Me? I was in the ER, though I didn't really and truly need to be here. Except that my baby sister, Lucy, had been super sick this last week from a fever she just couldn't kick, and the doc at the clinic couldn't figure it out, much less fix it. Earlier at home, Mom had Lucy in a warm bath trying to bring her temp of 103 degrees down to something not so scary. But it didn't work. So, we'd been here at the ER for four hours now, two of which we spent in the waiting room along with a crusty old guy who kept hacking up some nasty yellow-green muck from deep down in his lungs, and a guy bleeding gallons from a small cut on his forehead after running face-first into a tree with his motorcycle. It was obvious to me, from my chair, the tree had won. Otherwise, there was nobody here but us folks.

All that time I was holding my little furnace of a sister whose cheeks were rose-red, while Mom signed us in and kept checking with the woman behind the reception desk about when a doctor could take a look at her baby. "Soon," was the woman's usual and annoying response.

They finally called for Lucy, and she and Mom disappeared behind a swinging door, leaving me to my own devices out in the waiting area. As the door swung shut, I saw a sign on it that read in big red capital letters, "NO ENTRY: HOSPITAL PERSONAL ONLY." I was surprised how a place full of educated people, doctors no less, would let a misspelling like that go. PERSONAL, hmmm. That was one of the mind-numbing things I did to keep myself from slipping into oblivion for the second two-hour stretch. I'd read everything available to me, every magazine, every pamphlet, every poster and every exit sign. In short, every word in that most uninteresting of places. Worse than school even, if you can imagine that.

I was getting started on *Women's Health* for the second time when the sliding doors squealed open, and so I was glad for the company, whoever it was, super happy for the distraction. It was a lady followed by a kid about my age, 14. I took the lady for his mom. She was hovering all over him like a mom would, anyways. She sat him on a chair across from me and set, of all things, an ice chest at the kid's feet, slightly to his left. She pushed a mat of his hair off his forehead and planted a kiss on him. How embarrassing. But he didn't seem to mind it.

He was wearing a dark denim jacket, about five sizes too big for him. His arms were crossed at the chest. I caught his eye and he kind of smiled, so I smiled back. His mom said, "I'll be right back, Ronnie. Will you be okay here?"

The kid, Ronnie, nodded.

"Just scream if you need me. I'll be right over here." She pointed at the receptionist's desk, which was absent a receptionist at the moment. She stood there a few moments before she started calling out for somebody to please come help. Eventually, the woman who'd "helped" my mom and Lucy came out eating a Butterfingers candy bar. Some of the chocolate was smudged on the corners of her lips. She had no clue how funny she looked, either.

Under normal circumstances, an ice chest wouldn't look out of place. By ordinary circumstances, I meant not the ER at three o'clock in the morning. But this *was* the ER at this precise time of day, so I couldn't figure out what the chest was for. It bugged me that I didn't know what was in it.

I decided if I couldn't start up a convo with this kid, at the very least I could pass the time trying to figure out its contents. My first guess was snacks and drinks. It was the ER after all. My family had been here close to 4½ hours now, and no telling how much longer we'd be here, so it wasn't out of the question that this kid and his mom would be here as long, if not longer. What I thought next was that the ER experience had to be a recurring thing for this kid; otherwise, he wouldn't know to bring munchies. We hadn't. But then again, we weren't regulars, either.

If he was a frequent visitor, he didn't look it. Naturally, I wondered what was wrong with him that would bring him out at this hour. He looked all right sitting there. He was calm, his face was what my English teacher would describe as ruddy. She'd actually used that word last week when we were reading some poem and the word "flushed" came up describing some pretty girl's face, and somebody laughed because, "how could that word be romantic?" he wondered out loud. "Isn't that what you do to number two when you're done? Flush it?" The teacher responded all teacherly: "When one's face is flushed, it means one's face is rosy, glowing, ruddy." So there you go.

That reminded me of Lucy because her cheeks were flushed, or ruddy. And with her that meant she had a high fever. *Could that be what's up with this kid? He's got a fever like Lucy? It could be something going around?*

"It's my hand," the kid said, as if reading my thoughts.

For a moment I thought he meant it was his hand in the ice chest, because that's what was bothering me more than anything else. How crazy was that! Why would his hand be in the chest with his snacks and drinks? Stupid, right?

And he'd said it all cool and collected. He must've just busted a finger or something small like that. His hand in the chest? Whatever. It must've been me getting all silly being up so long past my usual bedtime. I was getting loopy in the head. So instead of letting all my brains go really mushy, I asked him, "What about your hand?"

He then pulled it out from under his armpit. All I could see was a towel. Most of it was bright red, though some of it was spotted white. Suddenly it started dripping red onto his lap, so he leaned forward and the blood splattered on the floor in front of him. Before it puddled up, he squeezed tight on the towel with his good hand, and then jammed it under his arm again, crossing his other arm over his chest again. And the blood seemed to have stopped.

He must've seen how freaked out I looked, so he said, "Farming accident," as if that explained it through and through.

That didn't unfreak me out, though. Actually I got more confused as a result. I mean, had he meant he'd gotten the hand cut clean off in the blades of a combine or other piece of farm equipment? But again, that didn't compute with me because what would he have been doing running farming equipment at this time of the day? I knew farmers and ranchers were early-birders, but this was ridiculous. Besides, he was a kid like me. He'd be asleep still waiting for school the next day.

"Farming accident?" I asked.

He nodded, but didn't elaborate.

I was left to chew on the skin on the soft insides of my mouth while I chewed on that non-image image: farm accident.

"You're telling me it's not snacks or drinks in that chest?" I said.

He lowered his head only slightly and lifted his eyes at me from that angle. It looked kind of creepy, like he was up to something sneaky. "That's right," he said in a whisper.

"You're saying it's your . . . your, uh, hand . . . in there, then?"

He toed the chest in my direction a couple of inches. "Look for yourself," he challenged me.

I didn't dare.

"Go ahead. Open it up and check."

I was curious, sure, but I was more queasy just thinking it might be his severed hand in there.

He nudged the chest a couple more inches. It was now halfway to me. All I had to do was reach down, flip the lid and know beyond a shadow of a doubt one way or the other. I'd be able to fall asleep without wondering if it was or wasn't his hand in there. If it was, yeah, my sleep would be uneasy, but it'd be the sleep of the knowing. If it wasn't, then I'd have been made a fool of, but I'd still be able to get some rest. The other way, not looking that is, I'd stay awake nights for weeks unsure.

"C'mon," Ronnie said. "You know you wanna."

And, man, I did, but I didn't, too. My breathing was coming in heavy now. I could feel my chest heaving, the acids in my stomach burning. I wished I'd eaten more than a half bowl of Cheerios for supper to calm that. I leaned forward, eyeing the ice chest. I wouldn't even have to pop it open wide wide, just enough to see what was what in there. Then shut it quick if it *was* his hand. If not, if it was snacks, I'd laugh a bit at falling for it but take the snack from him and satisfy my hunger. I leaned some more. I stretched out my arms, unfurled my fingers and inched closer and closer to the lid. I was going to do it. I sure was. And just when I was about to open it up, a nurse came to the door for PERSONAL ONLY and called out the kid's name: Ronald Neely. He got up all nonchalant, bent and took up the ice chest with his good hand and turned toward the nurse. "It's in my genes," Ronnie said over his shoulder. "This particular accident, I mean. Goes way back to my family's time in south Texas."

I was thrown off at first. *It's in his jeans?* I wondered. *Does he mean his hand's in his jeans? Which pocket?*

"It's genetic, is what I'm saying. My great grandpa was a law man back in the day, a Texas Ranger, and he's supposed to have . . . " But then he was gone behind the closing door, down the hallway. All that was left of Ronnie was the back of him walking away. And a trail of blood on the floor.

Freakiest thing, what I'd thought was a dark denim jacket was actually an acid-washed jean jacket. It was mostly white on the back, except for where his hand/stub was hidden. That part of his jacket was drenched in blood like the front of it, and the back of his pants, too, was sopping wet with the stuff. And he also left a small pool of blood on the seat of the chair he'd been sitting on. I couldn't believe he'd been so calm. I would've most likely fainted at the first sight of my blood, or at the very least been screaming like a little girl.

And now I wished I'd taken my peek at the ice chest when I'd had the chance because it was most certainly his hand in there, but I'd loved to have seen a severed hand in person. I'd only heard such stories from my uncle Xavier from Rio Grande City in deep south Texas. But those were just stories to explain away why Texas Rangers were not so popular with Mexican Americans down there. An alleged bandido's supposed to have been wrongly lynched by Rangers, and, as a souvenir, one Ranger cut the bandit's hand off. The hand is supposed to have come to life on its own, in spite of its owner being six feet deep in the ground by then, but the hand's purpose was to exact revenge on those who'd, in essence, murdered its owner. This would be the point in the story where Tío Xavier would get real quiet, then scream, "Boo!"

Way up here in Lubbock, in west Texas, these were just that, little stories, or *cuentitos* as Tío Xavi called them. La Llorona, El Chupacabras, the *cucuys*, the Big Bird. La Mano Pachona or the severed hand. Boo! And here I'd missed my chance to see a hand for reals to describe it to Tío Xavier. Oh well. Next time.

I looked at my watch and mentally kicked myself for passing up such an awesome opportunity. My watch read four o'clock now. The last hour had gone by quickly. If nothing else, I was glad for the distraction of Ronnie and his severed hand. I actually fell asleep thinking how I'd tell it to Tío Xavier next time I talked to him on the phone. I'd make it all scary and mysterious, like he did when he told stories around the campfires when we visited him on his ranch down south. Last thing I remembered thinking was that maybe Ronnie's great grandpa had been a Texas Ranger and taken part in that lynching. Even if he wasn't, that's how I would tell it. Man, Tío Xavier was going to love this one.

Then I was out. I dreamt some very vivid and scary stuff. Ronnie's hand had indeed come back to life. It had gone after the doctor first, throttling him to death because of how long it was taking him to see patients. Then the hand went after the nurse, and then anyone else in the entire hospital who was PERSONAL. Finally, it came for the receptionist. For some reason the hand thought it was she who'd made that unforgivable spelling error. Death by strangulation. I remember thinking in my dream that having to write a misspelled word a hundred times over was a way better punishment than this. I'd never again complain to my teacher. In my dream I was sleeping in the waiting room, except that I was zonked out on my dad's La-Z-Boy recliner, the Dallas Cowboys losing to the Pittsburgh Steelers on the TV. A real nightmare, right?

At the same time that I was asleep, I was also awake, the way it happens in dreams. Now I could see Ronnie's hand, about six feet tall, coming from behind the desk, waddling in my direction. My waking self couldn't do anything to rouse my sleeping self, and my waking self was beginning to panic because my sleeping self was going to get all choked up, and my waking self laughed at his own pun. It was a loud, nervous laugh, another way of trying to wake my sleeping self. Ronnie's severed hand, now back to normal size, was crawling across the floor, leaving behind him a trail of mustard. And that made perfect sense in my dream. Next, Ronnie's hand had jumped up on my sleeping self's lap and was gripping its way up my chest toward my throat. It then got hold of me tight, and I couldn't breathe. But that was enough to wake up both my sleeping self and the real me asleep in the uncomfortable ER chair.

I struggled for a breath and opened my eyes, and there was Mom in my face, trying to calm me. She had me by the shoulder with one hand, and with the other she was rubbing at my cheek.

When I shook off the nightmare and the breathlessness that came with it, I wondered how Lucy was doing. "She's fine," Mom said. "Look for yourself." Sure enough, my baby sister was up and about, full of life and energy, running up to the sliding doors, watching them open, then close, then making them open again. I looked at my watch and it was six in the morning.

On my way out the doors, I took a look back, but the door for PERSONAL ONLY was closed shut. I had no clue about Ronnie and how he was doing. If they'd been able to save the hand and sew it back on, I would never know.

In the car, I leaned the passenger's seat back a bit to maybe catch some sleep on our way home. It'd be a long day at school. Yup, Mom was going to insist on my not skipping school. Not even a bad night's sleep in an emergency room would get her to think otherwise. I was nodding off, thinking over the night's goings-on and how I would tell it to Tío Xavier. He was going to absolutely love my story. He'd be so proud that I'd be following in his storytelling footsteps.

At the next red light, I felt something wet on my neck. I gently rubbed the spot, and when I took a look at my fingertips, they were smudged with mustard.

All of a sudden, I was wide awake and scared to look in the rearview mirror, just in case.

A Good Long Way
René Saldaña, Jr.

Honorable Mention, ForeWord Reviews' 2010 Book of the Year Award; Finalist, Texas Institute of Letters Award, Young Adult Book; Honor Book, 2011 Paterson Prize for Books for Young People

Author and educator René Saldaña, Jr. writes another fast-paced novel that will engage young adults in questions about their own lives and responsibilities to family, friends and most of all, to themselves.

2010, 128 pages, Trade Paperback, ISBN: 978-1-55885-607-3, $10.95, Ages 11 & up
AR Quiz #142332 | ATOS English: 5 | ATOS IL: UG | LEXILE: 780L

The Case of the Pen Gone Missing: A Mickey Rangel Mystery
El caso de la pluma perdida: Colección Mickey Rangel, detective privado
René Saldaña, Jr.
Spanish translation by Carolina Villarroel

Named to the 2010-2011 Tejas Star Book Award List

When Toots approaches P.I. Mickey Rangel at school, he knows something is up. Rumor has it that Toots stole a valuable pen and she needs Mickey to prove her innocence. But as Mickey begins his investigation, all clues point to Toots and her newly ex-boyfriend as the primary suspects.

2009, 96 pages, Trade Paperback, ISBN: 978-1-55885-555-7, $9.95, Ages 8-12
AR Quiz #134033 | ATOS English: 4.7 | ATOS Spanish: 4.9 | ATOS IL: MG | LEXILE: 770L

The Lemon Tree Caper: A Mickey Rangel Mystery
La intriga del limonero: Colección Mickey Rangel, detective privado
René Saldaña, Jr.

This entertaining bilingual book is sure to spawn a slew of new PIs!

In this second bilingual book in The Mickey Rangel Mystery series for intermediate readers, author and educator René Saldaña, Jr. has crafted another engaging book for kids, and his wise-cracking, smart protagonist will appeal to even the most reluctant readers.

2011, 96 pages, Trade Paperback, ISBN: 978-1-55885-709-4, $9.95, Ages 8-12